# 步到
## 旅途边緣

李榮炎◎著

# 序——《步到旅途边緣》

巴金於一九七八年十二月一日，發表第一篇〈談《夢鄉》〉，一九七九年一月二日第二篇〈再談《夢鄉》〉，敘述日本這部影片在中國放映後社會發生的正反面情形。由第一篇至翌年八月十一日的最後三十篇集成《隨想錄》第一集。「隨想」也即隨筆，他說其實是我自願寫的「思想匯報」。

本書是我出版發行的第十一本，分作兩輯，第一輯仿巴金稱〈生活隨筆〉收文二十八篇，其中十一篇是舊作新刊，後十七篇是近期寫成，所言皆真實。我在興大十八年，即使那篇萬字的〈一位教授之死〉（可以拍電影），也是真有其事，實有其人。

我久住台中，二〇〇五年依親遷來台北，此間的勝景、古蹟、靈寺甚多，效先賢柳中元〈永州八記〉，我前後寫了十二篇，前八篇已於二〇〇七年《浮生札記》中出版，本書有〈士林菊展〉等四篇。

第二輯〈讀閱拾掇〉收文十篇，類於讀書心得或札記範疇。民國三十二年（一九四三）我讀高三，是對日抗戰最艱苦，也是勝利在望的時刻，蔣介石委員長出版了一本《中國之命運》新書，暢談中國的大片光明遠景，一幅美麗的藍圖擺在我們的面前，文字流暢，情真意切，學校為應翌年元旦全縣中學作文比

賽，先在校中選人，即以〈讀《中國之命運》書後〉為題，那時無稿紙，以十行紙謄正，我寫了十張（約五千字）被評第一，代表學校參加縣運獲獎（近讀相關傳記，獲悉蔣公民國二十五年發表〈報國與思親——五十歲生日感言〉文為陳布雷捉刀，《中國之命運》則為陶希聖校對）。我此後凡讀有所感，便愛塗鴉，狗尾續貂，即緣於此。

　　個人民國十年（一九二一）生，幼時父親曾請人為我看長庚，推算一生休咎，說命長最高七十，想不到今已逾「米壽」，喜出意表。

　　耄耋之年，致力養生，精神體力，保持完善，放眼未來，老宜彌堅，人生旅途，雖是步到邊緣，然想前賢說人「生而有限；生也無涯！」有限者，人生旅程走到盡頭，不過百幾十年；無涯者，生前為國家社會做過貢獻，影響綿長。一息尚存，定當秉持過去，勉力而為。

　　　　　　　　　　　　　　　李榮炎　二〇〇九年五月

目錄

第一輯

# 生活隨筆

# 青龍白虎

　　那年，我進初中讀了半學期，便退學了。我的退學，並不是觸犯什麼戒條校規，遭受學校開除，而是我家所種的田，被地主收了回去。在故鄉那個除務農以外無別業的年代，沒有田種，生活即陷入困境，如何再能讀書呢？

　　第二年，我爹東奔西走，好不容易在離家二十多里的山地裏租到梯田旱地來耕種。因為有幾十畝，每當農忙季節，全家前往幹活；只是山裏僅有一躲避風雨的田頭寮子，難以容身，因而農事稍暇，除留下一人看管外，其他的便得回家居住。距離如此的遠，工作生活，都感不便，必得在那邊再建新屋，定居下來，才是一長久之計。但地點上應在田寮的側旁加蓋呢？還是擇地另建呢？這個關係到「風水龍脈」的問題，在我爹這一輩人的心目中，是極端重視的。

　　爹對堪輿相地之學，雖有一些研究，但對生意伯在這一方面的意見，最是尊重。生意伯家大人眾，種田亦多，除在墟（市集）上開店外，並在村子裏做著「釀酒養豬磨豆腐」的大生意。提到生意伯，大家都曉得，至於他的真正名字，則很少人知道。

　　這一年的晚收季節完了，爹請來生意伯，帶著我，翻山越嶺的同去「探龍尋脈」，初步決定以田寮及右側相距千餘公尺的山谷兩地，作為蓋建之處。

　　爹站在寮子前面說：「如論宅勢端正，砂水齊備，面前開濶，這裏應是一個高格之局。」

　　「格局雖成，堂前亦寬，只是右山逼壓，來脈單薄無護。」生意伯沉吟著：「父母山過弱無力，財氣不聚，總似難得久遠。」

　　爹說：「若論聚財氣集，當以那邊谷地為佳，是一個丁旺財旺，牛羊發家之處。只是太過狹隘，不脫小家子氣。」

　　生意伯說：「我對這裡最不滿的地方，就是青龍隱晦，白虎當頭，煞氣過重，不是大富大貴的人，恐難鎮壓得住。」

　　「什麼是青龍白虎呀？」我站在旁邊，聽生意伯說得這麼緊要，忍不住問。

　　「大人說話，細人（小孩）不要亂打岔！」爹制止我。

　　「不要阻止他，他問得很好。」生意伯拍著我肩膀：「二慶，結『地』必需有砂手，砂手是地的護翼，它是頂重要的。」

　　「砂手護翼，與青龍白虎有什麼關係？」我問。

　　「左前面的砂手護翼叫青龍，右前面的砂手護翼叫白虎。」生意伯邊說邊指：「青龍是福星，白虎是煞星，青龍蓋住白虎還好，白虎蓋住青龍就不行了。」

　　我眼看前面，果然是右山太高，左山矮伏。

　　「經你這樣一分析，當以那邊左護右弼，砂環水抱為上乘了。」爹說完了即同我們三人，步向谷地。

　　「這裏星體端正，骨脈分明，幹龍屈曲而來，是科貢秀士，田聯阡陌的好所在。」到達谷地，生意伯指向前面：「砂水迴顧，襟帶俱存，那裏去找這好地方？」

就這樣，決定我家建屋的地點。生意伯見我對這門道頗有一些興趣，在回去之前，還對我說了不少有關這方面的術語，要我好好聽著。如「龍必得水，龍無水不行」；「土乃龍之肉，石乃龍之骨，草乃龍之毛，穴有五色者，龍之心肝脾肺腎也」；「主星高聳，地局端正，幹龍結大地。大則發功垂社稷，澤及生民，小亦科名顯赫，爵祿萬鍾」等等。

不過，建屋的地點決定以後，我家財未發來，卻先破了。

是怎樣的一回事呢？原來谷地的上方半山，早已埋葬了梁家的一口祖墳。梁家有地幾百畝，是當地的小地主之一，據說這些田地，都是這一口山墳「發」的。如今我們在其直前下端搭蓋房屋，認為對風水有極大的影響，自是大力的反對。但既然是好風水，他們反對的愈力，我們進行的愈積極，剛猛相對，當然要出事了。

在一個風急雨驟漆黑的夜裏，只我一人住在寮子中，狗來回狂吠了大半夜，只是不敢到外面去察看。第二天早上出門一看，天啊！我家準備好造屋的所有磚頭材料，統統都被砸碎了。

這顯然是梁家人幹的。爹用盡血汗老本籌集好的建材，一夜間化為烏有，悲傷愴痛激憤之情，是可以想像得到的。「是可忍孰不可忍」，惟有告狀打官司，在法庭上求公平解決了。

狀子遞了出去，因為當時只有我一個住在田寮中，將來法官要問我一些話，生意伯特來問我：

「二慶，將來法官向你問話，你要怎麼回答呢？」

「我說那天颱風下雨，一夜狗吠不停。」

「狗吠以外，還看見什麼沒有？」

「什麼也沒有看見。」我說。

「這樣不行的。」生意伯頓了頓：「你一定要說看見有人，很多的人。」

「可是我真的沒看見嘛。我沒有出去。」

「不看見也得說看見，門前這一條路，是他們必定經過的。你可說看到梁海運帶著第一隊人走在前頭，梁昇福帶著第二隊人走在後頭。」生意伯指著裂開了的門縫：「就說從這條縫裡看見的。」

「梁海運是山墳的主人，告他一個便得了。為什麼要拉上梁昇福？」

爹這時說：「生意伯的意思是：他們兩個是梁族中有錢有勢的，打蛇打頭，把他們倆個都告了，一舉兩得，狀子也是這樣寫的。你要依照生意伯的話說。」

我很怕。心裏想：那天夜裏幸好沒有看見，如真見到了，定會把我嚇得半死。另一方面，我覺得梁家還算不錯，我一個人孤零零的住在寮子裏，如他們將我打死，往深山裏一丟，到哪裏去找尋呢？

官司打起，我家四出借貸，用了不少的錢；梁家用的更多。還好官未到來，地方上的父老即出來排解，協議如下：我家不要在谷地建屋；梁家則在寮子旁邊，蓋兩棟兩層樓給我家居住。

這種事在現在來說，是很愚昧而可笑的，可是我看目前社會，還是有不少人蠻相信的呢！

《台灣日報》一九七三年五月十日

# 捕貍瑣憶

我家有新屋老屋，二地相距廿餘里，因老屋人多地少，無田可種，才搬到新屋去的。所謂新屋，最初不過是一個聊避風雨的田頭寮子而已。除了農忙時全家到那裡幹活外，餘時則僅留一人看田，其他的都回老屋去居住。經之營之，擴建加蓋，兩年間稍具規模後，才全家搬去定居的。

新屋所種的全是梯田，四面皆山，林深木茂，獐、兔、野豬、野貍之類特多。因是初進山中，獨家居住，鎮日看浮雲片片，聽山泉涓涓，家人都不免有些岑寂寞寥之感。好在選養了兩隻大黃狗，看門之外，還作狩獵，不時捕獲一些野味，增加了不少的生活情趣。其中最使我難忘以懷的，便算是捕貍了。

貍是似狐而小的小動物，又稱野貓。體肥色褐、耳殼潤短、嘴尖、四肢短細、尾長蓬鬆。有肉食與素食的兩種，分別生長在山邊水涯的巖穴及叢林枯樹的巢洞中。動作快捷，狡黠慧敏，要想捕捉，是要費上一番手腳的。

肉食貍能游泳潛水，以青蛙小蟲魚蝦等為食物，入冬以後，蛙蟲稀少，活動在家屋近旁的小雞小鴨，也是牠獵食的對象。素食貍亦稱果貍，專吃果子，山中的各種樹木，都可以找到牠的食糧。牠們的嗅覺靈敏，警覺特高，狗是奈何不了牠的。

　　教我捕貍的是比我大上好幾歲的壽榮堂哥。我小的時候，他便常常帶我上樹摸鳥卵，下水撿田螺，夜裡用螢火蟲做浮標，到鄰村去釣草魚，山上捉蟋蟀。哪一家的小女孩漂亮，哪一棵樹上的荔枝最甜，核子最小，他也都說給我聽。如有人欺負了我，他定會找對方還我個公道。長大後他討了一個山裡的姑娘作嫂子，娘家因世代山居，狩獵自是能手，壽榮哥獲得了岳家的真傳，所有訣竅，一點一滴都傳授了給我。

　　那是我們家搬到新屋居住的第二年冬季。山中天氣奇寒，斷續地降著冷霜，種的地瓜菜蔬都凍死了，母親正嘀咕嘮叨中，養的兩窩小雞，三天二夜竟被貍吃了十幾隻，母親更是不停「殺千刀、死野貍」的咒罵不已。我說：「咒罵有什麼用？不如請壽榮哥來收拾牠！」母親說：「他會嗎？」我說：「他會的。」我心裡想：壽榮哥會的東西多著哩，母親怎會知道呢！

　　獲得父親的同意，我興奮的回返老屋，請壽榮哥來我新屋住了三天，一切都教會我之後，他才回去。

　　貍出入是走著不同的洞口的，牠的窟比狡兔要多。善於逃跑，快若飄風，要捕捉牠，只有選擇其必經之處！設上圈套——獸鉗，才能使牠入彀。

　　獸鉗是鐵製成的。有強硬的發條，中間設一個活動踏板，兩旁輔以犬牙交錯的鋸齒鐵夾。張開後扣上活動的小鐵條，上舖薄沙或枯葉作偽裝。動物經過踏上，小鐵條滑落，強硬發條壓著鐵夾，迅速猛力地將其腿腳夾著。鋸齒鋒利，深入皮骨，獸鉗又重，再兇悍狡猾的，一被夾上，也就難逃惡運了。

肉貍的肉腥味特重，比不上果貍的鮮美滋補好吃。在捕了兩次，使肉貍不敢再來肆虐雞鴨之後，我便專以果貍為獵捉的對象。記得我大弟患了兩年瘧疾，長久醫治都無效果，（因為當時正是抗戰的最艱苦時刻，住在山中，服用的都是一些草頭中藥，未獲適當的藥物治療，亦是實情。）吃了兩次貍燉湯，居然好了。

設捕果貍，要選行將子熟的樹木，將其四周過低枝葉及其鄰近樹幹先行削去，牠要到樹上找吃，因無處爬攀，非經由樹頭上下不可。早一日在樹頭周圍，就地形鋪上薄沙，當日察看哪一處足印最多，獸鉗便埋裝在這一塊地的地下。

獸鉗埋設偽裝好了，用樹葉將人跡輕輕掃去。捕捉過一次的獸鉗，要使用開水泡洗，如有一丁點兒的氣味還留，牠都不會上當的。埋裝的地點，亦要選人畜罕到之處，以免誤傷。存心捕貍，卻意外的李代桃僵，捉到小野獐、野兔也常有的。

來台廿餘年，似未見過有貍這樣的動物，如不是本島不產，就是被濫捕滅跡。幸好政府已明令禁獵，保存一些野獸生機，否則許多珍禽異獸，都要絕種了。

《新生報》一九七三年五月二十一日

# 庭園長青

　　初搬來住的時候，門前一片荒蕪，春夏間雜草叢生，藏蚊納蠅，冬季一來，由於孩童們的玩耍踐踏，則又泥沙滿地。一陣風過，塵灰飛揚，惹人厭煩。

　　翌年春天，妻買回葡萄苗一株，試行種上，不時的澆水施肥，竟然長的嫩綠茁壯。豎柱搭架，幾個月即爬滿了一大塊，第二年開花結果。蔓藤越長越大，結果一年比一年多，妻採摘了部份送給左右鄰家。每年的成熟季節，看著果實黑紫纍纍，不僅滿心歡愉，也帶來不少的友誼。

　　為著使地盡其利，蔓苗未行遮蓋的四個角落，分別種上荔枝、芒果、桂花、椿樹。不幾年間，這些樹都長起來了，與葡萄爭空間，搶太陽。因為都得不到充分的供應，以滿足它們各別的需求，致而樹不開花，葡不成果。務多反少，一無所獲，妻將蔓苗砍除，我則把那個搖搖欲倒的棚架拆掉了。多邊原先圍好的竹籬笆，經不住日晒雨淋，為一勞永逸，於是全行拆除，砌上磚牆。

　　經過這一次大整修，院子完整齊密，氣象煥然一新。在原植葡萄之處，種上芍藥、玫瑰、週邊則繞上雞冠、指甲等生長迅速、開花容易的草本花卉，幾個月之後，園中花繁葉茂，鬱鬱蒼蒼。早朝昏暮，置身其中，是很有一番樂趣的。

植在兩對角的荔枝及芒果樹，除了足夠的陽光空氣，又有適量的水份肥料給予滋潤，生機勃發，枝壯葉密，第二年便都開花結果。眼看辛苦耕耘，終有收穫，一股歡愉之情，久久洋溢在心頭。如今兩棵樹圍均已尺餘，主幹高聳，所結果實逐年增多。不惟鄰居，即遠地戚朋，亦分享到我那荔甜果鮮的喜悅。

由於這兩棵樹長得既快，主幹又大，枝椏四向延伸，各佔了一大片空間。中間所種的那些花花草草，固然無法再見天日，逐漸萎去，另一對角的桂花、椿樹，亦相形見拙，懨懨抑抑，毫無生氣了。我分別將它挖除，改種上毋需太多陽光的薑花、曇花。勤加愛顧，倒也長得青翠碧綠，逗人喜愛。

年前暑假，孩子放學回家，提議在小園中空地挖個水池，飼養魚兒。於是掘泥挖石，借來一部手拉車，將土運走。繼買紅磚水泥，拌沙勻水，我權充大工，砌磚疊牆，他們母子當小工，遞這送那。糊糊磨磨的前後半個月間，居然將一個深三尺、寬四尺、長八尺的長方形水池做了起來。埋設水管，裝上噴泉，龍頭扭開，絲絲細細的水花四濺，別有一番景色。

池子建成，買回幾尾金魚及一些紅色的小鯉魚，放下飼養。找來幾簇綠萍，浮生水上。公餘之暇，凝看魚兒靈敏活潑，游來轉去，浮萍隨風四向飄動，常會不經意地在池旁待上好一陣子。可是金魚太嬌貴，養沒多久相繼死去。妻一天在市場裏買回不少活蹦蹦的吳郭魚，將幾條再放池中姑妄試試。想不到這些魚繁衍綿延，生生不息。現在池中的小魚已無法計較。

早在那兩棵果樹佔盡空間，其他花木難以生長的時候，我便找來一些觀葉植物，靠邊栽上。中間則以那些喜愛陰涼的蘭類花

卉為主，在樹蔭下陸續的養培了起來。有用蛇木吊掛的，有用瓶子插著的，有用瓦盤擺在池邊的。分潤著枝葉隙間篩下的些許陽光，竟也生意盎然，時吐芳香。

　　小園雖小，包羅頗多。加上圍牆爬滿青藤，縱使到了寒冬，整個小園仍一片青綠。我遇上假期，澆水剪枝，親花伴魚，便不自覺地在這裏盤桓半日了。

《中華日報》一九七四年十月三十日

# 吃拜拜記

　　同辦公室的一位湯先生，年餘以來，邀我至他家吃拜拜已不止一次。過去都因種種原因未能成行。日前農曆十月十五日，是今年的下元節，又在「晚收」完了，農村正舉行慶祝豐收祭典的時候，他務要我去參加，以壯盛典。

　　我們都同居鄉下，但我因住在一個大的眷村中，生活習慣與人情風尚，大都保持大陸故鄉的原有色彩。雖跟附近的人家來往相處，水乳交融，和諧友愛，可是在某些習俗上便表示出顯著的不同。比如說吃拜拜便是一個例子。那天既承他一再的敦邀，便在下班後騎上腳踏車前往。

　　我住處距他家十多公里，騎車四十分鐘才到達。因暮色蒼茫，時已黃昏，路上快速的踩動，不少的蟲兒直撲臉面，時時得小心。好在儘管是鄉間小徑，都鋪上了柏油路面，行動方便不少。途中經過幾處村莊，每家門前多已擺上椅桌，食客來來往往。在村中晒地寬敞之處，皆搭起高台演傀儡，台前圍著小孩老人一大堆，說唱透過麥克風，涵蓋遠近。靜謐的鄉間頓增不少的熱鬧。

　　抵達目的地已是六時三十分，室內室外，燈火通明，晒穀場上擺滿了桌子。因為要經過幾家門前，人來來回回的走動，通行不易，只好下車慢慢的推著前往。在走過每一家門口，都被主人

派出的迎客者肅請入席。認識與否似乎都不關緊要,只要你肯賞光,他便歡迎。鄉村中那一股熱情好客濃郁的人情味,在舉行拜拜的這個當口,表露得淋漓盡致。

「隨到隨吃,吃完便走」,像是吃拜拜的另一特色。因為在我到達時已有幾桌開動,比我後到的陸續的坐滿一桌,隨又上菜。我冷眼旁觀,有的客人到了,先跟主人打個招呼,才找位置坐下;有的到了,看看哪裡有空椅子,他便廁身其間,一聲招呼也免了。客人究竟到了多少,想來做主人的只能以開席多少來作計算。

吃的菜色,以帶湯類的為最多,其中雞、鴨、豬肉佔的成份最大。可能都是自家養的,不然不會如此豐富。最後上的那幾道菜,如燉蹄膀什麼的,大家都吃不動了。

我最欣賞的是麻油雞酒。據同桌的人說,這道菜很「補」,本省的女人生孩子做月子時,必吃它以壯身體的。材料是土雞、麻油及米酒。先用麻油將雞肉炒熟(不要加水、鹽),再倒米酒煮滾,文火燉上十分鐘便好。由於無水無鹽,吃來益增鮮美。儘管湯即是酒,但經久煮蒸發,僅留下淡淡的酒香,入口已不刺喉辣舌。我因不嗜杯中物,與他們觥籌交錯之間,以它代酒,最是合適。

普通飲宴,大都有一定的時間,飯罷便各自歸去。比如說赴朋友的婚嫁邀請,頂多個把鐘頭,即筵終席散,賓主道別。可是吃拜拜便不相同。我看有比我先到先吃的,慢慢那同桌的先後走開了,他又到別一桌重新入席,再行次第乾杯。如此「豪飲」,因而滿口酒話,或是爛醉如泥的,也就免不了了。

　　據我的另一位同事說，有的地方十年或二十年才輪到的一次大拜拜，這一帶的人家，在一、二年前便準備了。屆時親友戚舊統統有請，邀你不去，便顯不夠交情。誰家請客最多，便最光彩，否則酒筵擺好，無人前來，是很失「面子」的。

　　吃完拜拜，已八時多，辭別主人，騎著鐵馬慢慢地回來。夜風輕吹，淡淡的月色，照著籠罩在薄薄霧靄白茫茫的郊野，獨行其中，有一種寧靜歸真之感。心想這麼多花在拜拜上的錢，如果花在其他的正當用途上，必能造出一番事業，那該多好啊！

　　　　　　《台灣日報》一九七四年十二月十五日

# 習慣成自然

日前因事赴台北市，要趕乘台中晨六時五十分的對號火車。因住的是縣境。且又在靠山之處，與中市尚有好一些距離，乃提前於五時起床。盥洗整裝完了，候搭第一班客運車前往。

六時三十分到達台中火車站，依次排隊登上車廂。在至豐原的這一段時間中，忽然坐既不是，站也不適，若有一股勁道在全身的各部門擠迫推動，總想蹦跳幾下，或跑它幾百公尺才感舒坦似的。只是車上各有定位，空間那麼地狹小，自容不得由人作活動的地方，惟有靜靜地忍耐著。

何以會忽然有這樣的感受？一時也想不出是什麼原因。晨光曦微中，憑窗凝眺，在靠鐵路旁的屋頂平台上，有人在那裡作運動，蹲下起立，扭背彎腰。見景生情，才領悟出我憋得難受的所以然來。

記得是十多年前，我因一次疾病，最初未在意，以致不能及時治好，其後便感身體不如從前。每逢氣候變化，輒即染患感冒，打噴嚏流鼻水，甚而頭痛發熱，常需診治服藥才能痊癒。四年前一次看報，有一位先生為文謂：加強運動，不惟可增進身體健康，且對感冒的防止最為有效；並舉其親身體驗作為例證。閱讀完了，心嚮往之，決依其所說的照樣去做。可是沒有恆心，做二次停三次，顯不出什麼效果來。

　　一天，忽然想到何不利用每天早晨，「早起三天當一工」，這個時間是最恰當的。為防耽誤拖延，到時爬不起來，乃特行裝上一個鬧鐘作為報時訊號。最初幾天頗感勉強，一星期之後，慢慢的才成為習慣。

　　習慣養成，不經覺間便變為自然的行動。不論冬冷夏熱，每早的五時半一到，必定醒轉，隨即起床出門到野外活動。我們的這條村，又恰好挨接一個依山傍河、平坦開闊、綠草滿地的陸軍訓練基地大操場。此操場自成一個系統，週邊圍繞著柏油路，裏面除了訓練（教練）的各種設施外，並有健身體操的一些裝設。晨間無人，寧靜清幽，置身其中，是夠人舒坦的。

　　職是之故，我每早出門之後，即沿著柏油路向前直跑，大約十五分鐘便可到達另一端。縱使在寒冷的早朝，此時候亦已渾身發熱。放鬆衣服，慢舉輕伸，做各動柔軟的身體活動，臨末再作十五至二十次的伏地挺身，完了漫步回來。用過早餐，即行上班。

　　由於每天早起，每晚也習慣了早睡。「早睡早起精神好」，十時左右，眼皮下垂，必要上床了。由十時至翌日的五時半，共計七時三十分，再加午睡片刻，眠寢的時間是足夠了的。如此久了，效果自彰，如今精神體力，都感勝於往昔。

　　因為這一方式已實行有年，業經變為我生活中的一部分。偶未遂行，體力無處發洩，那股暗勁便在體內衝擊翻湧，循環躍跳的令人難耐。那個早上在火車中的感受，就因為違了習慣，未行運動的緣故。

《中華日報》一九七五年二月二一日

# 一年能吃幾回雞

　　故鄉的教育不如現在的發達，學校沒有如此的普遍。在一個轄境比目前大好幾倍的縣份裡，初中只有二、三間。高中不過一、二間而已。

　　民國三十年，我讀這兩間高級中學中之一的農校。那時抗日戰爭正進入最緊張的階段，海運斷絕，物資奇缺，生活很是艱苦。由於境域遼闊，入學的來自四面八方，絕大部分學生都是在校住宿的。

　　吃飯自然在學校裡。沒有時下的餐廳，同學間惟有相互聯合，專僱一個人來做司廚的工作。米，通常是家裡的長工按月挑來，菜，則是給錢讓那個煮飯的去買辦。每餐都是蔬菜白飯，大夥兒在整個學期中也不見得會共同打一次牙祭。套句《水滸傳》中那些大漢說過的話，「嘴裡淡出鳥來」。

　　我們讀的是農校，經常要到農場裡去實習做工。大家年輕愛活動，不是往河裡游泳，便在球場中廝混，每個人的飯量都很大，一餐四碗飯是基本數，常常有吃到五碗六碗的。有時嘴裡真饞了，要好的同學互邀到附近的飲食店去小吃一下。所說小吃，也不過是米粉、粄條，加上一些雞頭鴨頭，或是豬臟雜肉什麼的。

　　一次我們五人共據一桌，吃著吃著，同坐在一條凳上的陸擴農及劉其球，卻忽然間爭執起來。原來是其球的粉條中有一個雞

頭，他邊吃邊撥弄便掉起「書包」的說：「新剝雞頭肉，明皇弄貴妃之乳。」

「什麼弄貴妃之乳，是愛貴妃之乳才對。」陸擴農糾正他說。

你來我去，彼此都堅持自己的沒有錯誤。對面的劉其端插口說：「我說你倆都不對，不是弄也不是愛，是唐明皇摸貴妃之乳才是真的。」

其瑞的這個打岔，是勸不要為此辯論，就此收場的，可是他們二人，都自信正確，非對方退讓便不罷休。

「你們何不來個打賭，請他作公正的裁決？」坐在側旁的鄧天昌，指指我對他倆說。

這兩句話是出自《幼學故事瓊林》裡的，究竟是「弄」是「愛」，我一時也沒有把握。我說：「不要打賭，找原書看看便知了。」

那時我們都極為自信，相信自己記的不會錯。可滾瓜般的唸出來，怎會有不對的呢？而鄧天昌在旁慫恿，他倆真的打起賭來。

打賭些什麼呢？商談結果，是輸的請吃一頓油粘米蒸的臘味飯，在座的有份，當然包括我這個公正的。

《故事瓊林》，我是在私塾裡讀的。由「混沌初開，乾坤始奠」始，至末尾「世路之蓁蕪當剷，人心之茅塞須開」止共四卷三十二章。

找到原書，我們一同翻閱，他倆爭論的二句在卷二的身體那一章裡。陸擴農說的對，明皇是「愛」不是「弄」。再看書中引楊妃外傳作詮解說：「楊貴妃出浴，對鏡勻粉，腰裙露一乳，唐明皇捫弄曰，軟溫新剝雞頭肉。」後面續補充釋示說：「水中有

雞頭蓮，其肉如乳。」因此，唐明皇所指的「雞頭肉」自然是指水生的那種雞頭蓮，並不是我們吃的這種雞頭了。

「看原文是愛，但註解是弄，捫亦是弄，你們兩家都對。」我打圓場的說。

「文是主，解是從，怎能主從倒置？他說才是對的。」鄧天昌指著陸擴農，對大家說。

於是一頓臘味飯，自是由劉其球作了東。

上開的這個敘述，是三十多年前的往事。我之將它寫了出來，是看到葉慶炳先生最近在報上「一生能領幾回薪」的文章想起的（六五年十一月廿一日《聯合報》副刊）。葉先生讀《世說新語》，由阮孚的「未知一生能著幾量屐！」引發他的「領薪」的感懷。

他說他每月薪俸四千八百五十元，學術研究費六千六百三十元（合計一萬一千四百八十元）全作家用，有時也不敷生活之需，要動用他的兼課鐘點費來彌補。

葉慶炳先生是大學的教授（台灣大學），月薪合併萬餘元實不為多。好在還有額外的鐘點費挹注，否則買書與娛樂費便全無支應。由而我想到很多靠薪俸度日的公務員，無差可兼，月入是葉教授的一半或不到一半的人的生活。挺自然的也想到我的「一年能吃幾回雞」的念頭來。

我住的是公家分配宿舍，離市區頗遙，位在兩面環山的山窩。面前百多公尺是一條河，築起了一條高高的河堤防堵著。「八七」水災時曾鬧過亂子，河堤崩潰，沖沒房屋，重建後將這堤加寬加厚加高。河的那邊便是山腳，向上不高的兩處平坦地住住著兩戶人家，靠山吃山的過活。

　　他們「吃山」之法是種值。鄰接河邊低窪之處栽種荔枝，蒼鬱茂密，既長又寬好大的一片。將近山腰處種著大芒果，是那種紅褐色改良型的。再上是李樹、梅樹及柿樹。將及山巔，分種樹薯與鳳梨，山頂的稜線則種翠竹。站在我家的門前，將頭略略上仰，這些樹分佈如帶狀般的裹纏山表，界線分明。無風無雨的日子，早晚在河堤上漫步，看他們炊煙裊裊冉冉，憶起不少兒時的夢幻。

　　每年的六、七月間，荔枝、芒果成熟，採摘下來，為減除人工上下山挑運的困難，在河的兩邊架起鐵架，拉上鋼索，以纜車將裝好竹簍的果實，幾筐一次，由空中向我村這一面卸運，再由卡車分別載走。收穫時的滿足之情，洋溢在他們每一個人的臉上，我也沾染著一分喜悅。

　　由於距離不遠，那兩戶人家及那些果樹，我都不時的造訪。他們在樹與樹的隙縫間種植蔬菜，在樹的底間養著雞群。白天，那些雞漫山遍野的去覓吃，夜裡，棲宿在屋邊附近荔枝樹的椏枝中。親霑雨露，體肥力健，是從來不生病的。這正是道道地地的土雞，吃起來味鮮香甜，市面上似乎難於見到。

　　據這兩家的人說，這些土雞長得較慢，但比關起來養的飼料雞利潤厚，成本也要輕得多。因一天只用雜糧餵一頓，其餘由牠尋吃去。山中的蟲蟻甚多，樹上地下，嫩草野實，啄啄抓抓，牠也獲得一飽。到長大出賣，要比那些餵飼料的速長雞價錢高過一倍。且常供不應求，難以滿足客戶的需要。

　　我每到山上巡禮，看到在林阪草叢間來回的那些美麗壯勁、肉鮮味美的雞群，便想疇曩的往事。如今養雞企業經營，大量繁

殖，由破殼而成長，六十天便可上市，充斥於茶肆酒館，肉質粗
澀，已沒有牠應有的風味。而民生富裕，物質豐盈，油粘米臘味
飯平常得很，要弄可隨時辦到。真正懷想而難買的，是那純正的
土雞，一年能吃幾回呢！

《台灣日報》一九七六年一二月七日

# 假日經營

我初搬到這裡居住的時候，屋的前後都是空地，圍上籬笆，栽植瓜果及蔬菜。其後朋友送來兩棵接種過的荔枝幼苗，分別將其在前後種上，不斷的澆灌施肥，幾年間便全行開花結果。

孩子逐漸長大，房子不敷居住，不得不在後面加蓋。種在那裡的果樹，只好將它除去。留下前面的院子雖不很大，但我在其中栽過不少的東西。除了荔枝以外，葡萄、芒果、木瓜等，我都種過。由於培育得宜，生長茂盛，每年夏季都結成不少甜蜜的水果。

日月遞嬗，原來只有手腕般粗的荔樹，不斷的增長茁壯，去年時它的直徑已達一英尺多。枝繁葉茂，被其覆蓋的地面也愈來愈廣。與它同時種植的其他果樹，因無足夠的空間發展，惟有慢慢的逐一除去。最後留下它惟我獨尊，整個院子由其佔據。

「我看青山多嫵媚，青山看我當如是。」人、物推愛，物亦有「情」。它投桃報李，不負期望，果子結的一年比一年多。實大核小，肉質晶瑩，入口清脆，一股甜鮮的味兒直沁心脾。每當花開的時候，引來甚多的蜂蝶，上下穿梭，唧唧嗡嗡使靜寂的院子憑添熱鬧。最後成熟，先由向陽的地方及頂端開始，點點嫣紅，逐步的擴大增寬，簇簇纍纍的垂掛枝頭，與叢叢的綠葉輝映。遠觀近看，都那麼的令人悅目。

由於結的果子自己吃用不完，除分送鄰居以外，服務單位的同仁、長官，遠地的戚友，（南高雄、北基隆），也都送請嘗啖過。從齎贈而加密來往，益增進了濃厚的人情味。

去年摘收後不久，不少的嫩枝相繼在樹頭長出。我以上邊已枝粗葉茂，佔據了整個院子的上空，自不容其再出枒杈，乃隨出隨拔，好保持原來的生態。

過了不久，本來碧綠蒼翠的一棵樹，漸漸的褪色發黃，不出幾天，整個的便行枯萎。仔細查看，原來在樹頭上端離地面二尺多，亦即是長芽挨接之處，被蛀蟲匝吃了一圈。在表皮底層透穿了一條環洞，阻絕了上下的輸送系統。它掙扎再三，望能在頭上再長新蕊，重生枝幹以延續下去，卻又被我這個無知者無情摧折，自不能再行生長。

辛苦培育，日夕相見，陪伴了近二十年的一棵荔樹，倏忽死去，我與妻都有不少的傷感。在台北讀書的小孩寫信回來，除表示同樣的歎息外，字裡行間，隱約地怨我未勤加觀察，防止蛀蟲的入侵；樹頭突然發芽，是個不尋常的現象；又不探查究竟，遽行拔去，致阻礙了它的再現生機。我心懷內疚，確然有疏忽之處。

故鄉大陸，我家裡曾種過好幾棵這樣的樹，童年攀爬摘果，分享弟妹的種種往事，不時的映現腦際。自幼及長，從未見有這種紋細質硬的樹也會活生生的被蟲咬死的。

我們村是一條眷村，是第一期由政府興建分配居住的。這第一期的房子，建坪小、空地大，大家都在前後圍上竹籬，逐後便砌上磚牆代替，成為每家單獨的院子。

　　因世代務農，少年常隨父親在田間工作，「鋤禾日當午，汗滴禾下土，應知盤中餐，粒粒皆辛苦。」對這幾句話有頗深的體會，對泥土也特別鍾愛。故當村人紛紛將他們的院子鋪上水泥的時候，我則始終珍惜這一小塊難得的土地。過去為使其盡到最大的效用，曾在樹旁挖了兩個水池，池中養魚，池的堤几以盆養花。雖枝葉陰翳，但從罅縫裡面洩下來的少許陽光，正是蘭類及一些觀葉植物合適的環境，因此生長都十分茂盛。

　　月前服務的學校放春假，星期日加上清明節，合起來有五天的時間。我專心貫注，勁力在經營我的院子。挖掉遺留的樹根，填平水池，重新另作一番佈置。除了午間休息外，每天都為挖挖填填而致力。由花市購回玫瑰、米蘭、大種海棠、菊花、薑花、茉莉等分別種在適當的位置。特加選好的一棵荔枝，則種在中央。一切停當，也正好是假期滿了的日子。

　　過去將月，種在地上的花木，在不知覺間便都吐了新芽，又獲兩次降雨的滋潤，益顯它們的欣欣向榮。想過不久又將是蔥蘢碧綠，滿目青蒼的了。

《台灣日報》一九七七年五月二日

# 三度應考記

　　民國六十六年全國性的高等及普通考試，已於月前放榜。報載兩項報考人數共達七萬零七百七十五人，而錄取人數為一千四百九十三人，錄取率是百分之二點一。據說今年這兩項考試的報考人數與過去相較，是人數最多的，錄取率是最低的，可見其競爭的激烈與困難。

　　讀了這則新聞，不禁想起我參加幾次全國性考試經過的種種情形。

　　這事得從頭說起。

　　我幹軍人廿餘年，在離開部隊前，任的是政戰工作。由基層的連級起而至師級退伍，都是這一個兵科。這兵科過去在部隊裡，通常一面是隊職官，一面又是教官。除了正常工作之外，每週還要上幾個小時的課。

　　我是高中甫畢業，在抗戰期中從軍的。普通的常識，或可應付得來，認真的說要去授課，總感力有未逮。只是軍隊設官分職，各有專司，我既在其位，就得謀其政，惟有勤蒐參考資料，多翻辭源辭海。間或用上了全力，亦解不開的困難問題，便專程拜軍中學有專精的長官同寅，請其答解釋示。教學相長，做起來還算圓滿。

部隊官兵的素質天天提高，我課「難講」的感受日日加重。雖常想努力進修，不斷充實，使得肆應餘裕，加惠學者，然每因工作稍忙，不無意興闌珊、一曝十寒之慨。為策勉自己，去除惰性，幾經思維，衡量志趣，決定應全國性的高等「教育行政」考試，好作為奮勵的目標。

我僅是一個中學畢業的人，與高等考試所應具備的大、專資格是不相符合的。且未應過普通考試，要行高考，便只有從高等檢定開始。乃根據應試科目，積極開始準備。

「時過而後學，事倍功不半。」由這一次經驗，對這句話體會得最是深切。記得幼年在私塾或是學校，凡是讀過的書，印象清晰，歷久不滅。如背熟了，十年八載，也難忘記。可是年齡大了，記性銳減，今日讀熟了，隔天便忘了大半。必須反覆的熟讀幾遍，才能將它完好的記誦下來。

由於記性不濟，而科目中有不少的重要條文大綱必須熟記的，我採取了一個最笨的辦法。一本書拿到了，全書由頭至尾先看一遍，凡是主要之處，用鉛筆輕輕勾勒。其次將經過勾畫的，整個摘抄下來。其後不再看原書，貫注全力於抄的筆記之中。

無可諱言的，這樣做是十分的費力。但亦有非如此不可的緣故，原因是有些書市面買不到，是向省立台中圖書館借的，館中規定外借期十天，得延長一期共二十天。借到的書，我用一星期的時間看閱，餘下的十多天即作筆記，使全書的重點精華盡入記錄。

如此做了，初閱獲第一印象，抄謄一次，印象益深。再在筆記中精中選精，用紅筆圈點，比較異同，加以眉註（如唐代的科

舉制度與宋代有何異同，法國學制與英國學制的差異），反覆誦讀。慢慢地書中的大綱細節，似被強迫的嵌擠進了腦海。

我進中學之前，讀了幾年私塾，六年中學的寒暑假，也在私塾裡補習的。讀的全是經書國學，曾默誦過不少的篇章。作起文來，起承轉合頗為得心應手，亦被老師多次稱許過。今行應試，自忖國文一科，毋須作太多的準備。惟是考試下來，只得四十六分（國文題：試闡述「仕而優則學」之意義），很出我意料之外。勤加練習，多讀多寫，第二年重考始行及格（國文題：管子云：「政之所興，在得民心；政之所廢，在失民心。」試申論之）。

高檢考試計七科，及格了的科目，當時規定可保留五年。我第一年及格二科，第二年及格三科。餘下二科中的「教育心理學」我感最難。大概是「無師難通」，讀了又讀，都找不到要領，幾次考總是差那麼幾分，達不到六十。貫注全力，好不容易在第三次（民國五十七年）才全通過。

檢考及格了，我原定應全國性的高等考試的，一位長官告我，可參加考試院同類科的特種乙等考試，所獲等第與高考是一樣的。我依言而為，僥倖一次便上榜了。

及格後的第二年，我退役離開部隊，到一所高等學府裡工作。六十二年行政院退除役官兵輔導委員會舉辦退除役軍人輔導考試，我一時興起，報名應考乙等「稅務行政」。報名表寄出去之後，始詳找有關書刊閱讀。

這是第三度應考。其中一般共同科目，如國父遺教，內容是不變的，經過二次的應考，記憶猶新，複習複習便可以了，須認

真準備的，乃是那些專業學科。好在服務的學校圖書館中，各種書刊應有盡有，不同以前要四處張羅借購了。

「會計學」是我在準備過程中最感頭痛的一科。損益表、資產負債表看不懂，借方貸方也弄不清它為何要如此的左右並列。雖曾請修過會計學的同仁指教，但越講我越糊塗，掩卷嘆息者再。由而想何必如此跟自己過不去，尋罪來受，「臨陣退卻」，打消應考了吧。

這次考試的日期為是六十二年的九月一、二日，正好在漫長的暑假期間裡，每日上半天班之外，鎮日無事，亦覺無聊。一天與鄰居讀商職的女兒閒談，我問她：「妳們學校有沒會計學這一科？」她說：「這是主要科，當然是有的。」我再問：「那麼怎樣開始學的呢？」她想了一下說：「是先從簿記開始的呀！」

我聽完她的話，靈機一動，心想何不依法泡製，學她的樣呢！乃由她處借來一本閱讀。開首即感清楚明晰，續往下看，興趣盎然，愈讀愈覺有味。試將課本習題演算一下，做出來居然與原案正相符合。欣幸之餘，信心隨增。讀完幾本簿記，回頭重讀大學用書「會計學原理」（翻譯本），似乎豁然開朗，過去摸不著邊際的，竟然悟出箇中道理來了。

用在會計學的時間愈多，相對的用在其他科目的時間愈少。雖在假期中，仍感顧此失彼，時間不夠分配。因而常子夜就寢，四時起床，致力於各專業科目。儘管如此，應考完了，深覺一無把握。況名額有限，應考者眾，我是沒什麼指望的了。十月三十一日總統蔣公八秩晉七華誕那天，輔導會在各縣市的聯絡中心同時放榜，我抱著姑且試之的心情前往看視，放眼之間，嘿！我的名字竟赫然在焉。

　　三度應考，我感覺第一度最是困難。記得在這一考中的第二次（民國五十五年），隨部隊駐戌外島，坐船回來，風急浪高，氣候極端惡劣的情形下，受的折磨苦辛實在不少。回想起來，如是現在，恐已沒有那種勇氣。

　　聽人說檢定考試及格了，正式的高考可較易通過，因我未曾參與，我不能這樣說。但檢考每科都必須及格，高考除了主科外，其他的可以平均則是真的。我的一位世講，在大學三年時參加高檢考試，只及格四科，第二年畢業具備資格，正式應同類科的高等考試，不惟一次及第，且名次頗高，這或許是這個緣故。

　　三度應考，在國父遺教這一科中，曾遇到一個有趣的問題。大概是碰巧，高等檢定，兩次特考，每次均有「試列舉實業計畫之四個原則」這一道題。這道題的四個原則是四個「必當注意」，是實業計畫中的綱要重點，自然熟記，所以答起來毫不費事。

　　為因應這幾次考試，在前後近將十年的過程中，個人體驗讀書應考，既無訣竅，也無捷徑，更沒有幸運取巧之處。用了一分功夫，始有一分收穫。朝乾夕惕，孜孜不倦，沉潛浸淫，腹笥豐厚，臨考自會顯出效果。古人所說的業精於勤，或學海無涯勤是岸，最足當之。

《民聲報》一九七七年十二月十三日

# 溯舊追往憶童情

　　由於我幼年時一次溺水的死去活來，身體受了極大的摧殘，便與疾病結了不解緣。別人十五、六歲發育苗壯，但在我身上卻看不到半點青少年的氣息。體虛力弱，頸小胸削，一年中要患幾次瘧疾，疲憊萎弱，稍重的活便不能幹。

　　那時抗戰已進入第三年，全國奮起，參加這一民族生死存亡的戰爭。厲行徵兵的「三丁抽一，四丁抽二」制度，青壯男孩紛紛入營，共赴國難。我大哥亦進縣的自衛大隊，擔負起維護後方地方治安的任務。

　　在他未當兵之前，我家曾做過一段時間「糴」「糶」的工作。所謂糴糶，即是將甲地的稻穀買回，碾磨去殼，再挑到乙地去賣。賺取微薄差價及一些米碎糠粃，飼養家畜。

　　這項工作看似簡單，但其過程不僅備極辛勞，且亦須一些訣竅。舂米用碓，腳力恰到好處，才能顆粒完整而受買者喜愛。量時用升，填裝具備技巧，始可不致損蝕。據說同是五斗米，會量的有餘，生手則不足，便是這個緣故。

　　自從大哥入營後，家中缺乏了主力，中止糴糶，專事農耕，種了不少的黃豆，刈收完了，急需挑到墟市去賣，好易回米糧及其他物品。記得是農曆的四月間，正是民間青黃不接之時，父親臥病，挑豆出售的活兒，惟有將我派上用場。

　　我鄉位於一座山區的盤地裡，外出赴墟市要上山下山，渡河涉水。我挑了一副重擔，往四十里外的目的地。初膺斯任，頗有力難從心，不勝負荷之感。但想到家裡只有我這個大男人，實責無旁貸，惟有面對現實，勉力承任。

　　挑擔的艱辛是不言可喻的。早朝出門，走走歇歇，幸好多是下山。順利的在午前抵達，將擔子在街邊找一適當的位置擺開。賒來米菜，在側近的店裡生火造飯，填飽肚子之後，精神頓時變好了起來。

　　到這裡出售豆子的人不少。我打聽了一下行情，決定了開價的數目。趕集的人熙來攘往，在山區的這個小市鎮中摩肩接踵。相距不遠販牛賣豬，人聲嘈雜成為一處最熱烈的場面。

　　有一三十出頭的人，手持扁擔，夾著兩隻布袋，從我的右邊逐擔的問價過來。每問過價錢，即用手插進籮底，取出幾粒放入嘴中，「咔嚓咔嚓」的咬開詳細審視，似乎總不滿意。到達我的面前，做著同樣的動作。我本未存希望，想不到幾句話之後，居然成交。

　　這自是喜出望外。心想我的價錢與別人一樣，特別獲得青睞，或是我的豆子較乾，或對我這個遠地來的少年同情也未可知。交易完成，比當初想像的順利。清結飯帳，藏好錢鈔，挑了空的籮筐急速轉來。

　　日影啣山，晚煙繚繞，穿越密樹陰暗的山中隘道，黃昏的腳步似經先我到達。野蟲唧唧，疏落的不時傳入耳際。行抵我家對面的那座山頭，看見父親在屋外不停地走動。越走越近，雖樹木掩影，亦看得越是真切。

轉過一個山拗，見他站著不動，向著我這方向瞪視，大約已瞥見我晃動的在山路下來。行近相見，一種焦急、期待、盼望與歡快之情，匯集在他整個滿是皺紋的臉上。我將全部經過一一具陳，他不斷地頷首。說罷將款全數交上。

這是我做的第一次買賣，已是四十多年前的事了。每一念及，便想起往昔兄弟之愛與父親對我特大的疼惜愛護之情。父親在大陸故鄉去世廿多年，生時未能盡半點報答，真是慚愧無狀，亦是我這一生最感惶憾的。

《民聲報》一九七九年六月二十一日

# 千層浪

　　不知是誰說的：「一陣風過，芒花湧起千層浪。」好美的一個句子啊！只是難明風過芒花，如何的一個湧法，浪有千層，又是怎樣看的？

　　我們村的後面是山，左面是河。河的對岸，緊靠蜿蜒而下是山腳。這邊則因地勢低窪，築著長長的堤壩，以護衛農田及我們這個小村莊。「八七」水災那年，河堤潰決，滾滾洪流排空而來，農田淹沒，還沖毀了一些村中的舊房子。經過這次劫難，災後重建，為使河能容納宣洩更大的流量，原是農田的地面上擴延加寬構築新的堤防，河床因而比以前更大了。儘管這條河對附近造成過不少損害，但平時卻是乾涸的。惟獨那年雨量特多，連續經月，又不時的山崩土塌，摻著洪水向下沖撞，河堤年久失修，承受不了這麼大的壓力，自然要發生災害了。

　　雨過水消，黃沙白石，堆滿整個河床，形成一片荒漠。少數的芒草，乘虛踏隙，在那些石縫沙礫之間，廁身生長。年復一年，愈長愈多，蓬勃鬱茂佔滿了整個河面。春夏間青葱翠綠，美化了視野，亦為不少的小動物開展了一個寄生之處。

　　日前的一個早晨，漫步堤岸，放眼望去，不經覺間，發見河裡的芒草都吐了白花。在晨露的霑濡下，在早霧的襯托下，白茫茫的似無盡頭。晨風吹過，芒花頓成了白浪。一起一伏，忽高忽

低，堆堆疊疊，激速流動，汩汩滔滔的不斷湧來，何止千層！畫面美極了。

按芒草每年在春秋間各開花一次，這是今年的二度花了。散步歸來，感懷頗多。細想如不涉歷其間，那能寫出這麼好的句子；同樣的若非親臨目睹，又怎能體會出箇中的意境呢？古人說「思不如學」，確有其至理在的。

《台灣日報》一九七九年九月六日

# 一位教授之死

　　辛國冬自搬進這村子起，每天早晨，就一直為清潔行道而不曾中斷過。他的住處距離學校上班的地方，論長度不過三百公尺，但已夠他消磨一個多小時的早上時光。

　　天氣好的時候，他著睡衣，腳著拖板；如遇天雨，頭戴斗笠，穿上雨衣雨鞋，隨手拽著麻袋。他由近至遠，一步一停，左察右看，時蹲時站，撿撿拾拾的放進袋裡，專心一意地幹這活兒。

　　三百公尺的道路，彎彎曲曲，轉了兩條巷子，出口是大街，沿前去五十公尺右拐，才到他辦公的處所。除去大街與拐去之處，實際頂多一百公尺長度，打掃清潔，應是不需太多時間的。無如他工作的方法與別人不同，路上的垃圾與落葉，別人是大片大片的掃，他卻是一件一張撿的；巷子兩旁種著整齊的九里香，花開花落，他要仔細審視，掉在叢間的瓣片，必須一一的將它清除，雜草一根根的拔去，這樣就需花費功夫。

　　他住公家分配的眷舍，裡裡外外，既要整理，院內種有不少的花卉，剪剪澆澆，亦須經一番折騰才可停當。一人忙裡忙外，三個小時便悄悄過去。雖然他六時起床，大都待到九時過後才能正式上班。

　　為著家中的一些雜事，比如說煮飯啦、燒水啦、抹抹洗洗啦，早些年他本僱人幫忙，無須親自動手的。只是請到的人，做

不到幾天便悄然離開，離了再請，再又離去，經過幾次之後，應徵無人，他也定下決心，這些大小的家事，全行自己負擔。

在那個時候僱人幫傭的家庭不少，別家一做幾年，主、僱相處融洽，何以他家旋來旋去，卒至無人問津？這應歸結到工作的方式問題。

他是當教師的，在學校除授課之外，還兼任教育行政的工作。他以一個教育者，對家中的下人，也應本著誨人不倦的精神，工作之餘，她的生活行為亦要加以訓勉改正，使受薰陶而變化氣質。當僱用的人正式上班，他便交給她一個時間表，規限每天何時做何種工作，鉅細無遺。列在最前的一項，一早起來必須「崩晒」（大便），再而洗手幹活。

「我沒有晒，怎樣去崩啊？」初到的小妹，不好意思地說。

「坐上馬桶，晒會來的。」

「無晒坐馬桶，我沒這樣的習慣哩！」

「習慣是養成的。坐上三天，便可改變過來了。」

這是每次新來者開始時差不多的公式對話。

由於工作的刻板規範，制式般的缺少變化，家中的每一擺設物件，都有固定的位置，稍有移動即可察知。當他在家時，嚴肅拘謹，舉止行為都得小心，以免招來教訓。他上班後空蕩蕩的獨自一人，過不幾天，這個應徵者便又另行他就。

旋來旋去，便是這樣造成的。

因為這個緣故，辛國冬內外兼顧，上班的時間縱或遲些，學校與他一起工作的人都能體諒。他雖然有兒有女，但個別在外，除了年節回來團聚外，平時難得往來。已六十多歲的一位老人，長年累月內外操持，說起來也不簡單。

　　起居作息定時，生活行為規矩，是他數十年自律謹守的原則。他上班晚了，必定在下班時補足，辦公室正中午的時候人走光了，他必待到一時始行離去。上午如此，下午亦然，因而在冬春之季，日短夜長，常常萬家燈火，才是他回家的時候。

　　公文往來，教育單位要比一般的機關少了甚多，他實不必如此的辛勤在這方面致力。無如他對每一稿件或一張便條小簡，都必反覆審察，以達盡善盡美。別人核稿是一行一句看的，他是一字字看的，行文不順，固要修改，一字寫歪或中間少了一點一畫，他都得逐個更正，這便得花費時間。

　　他為避免更改刪修，致損公文稿件的清晰爽目，常常自行執筆，另起爐灶，將送來的棄而不用。久而久的，一切的文牘稿件，全由他這個幹主管的一人包辦。

　　一個成立較久的機構，眾多人員之中，儘管不時有人進出，然其中總有一些是元老人物，辛國冬便是其中一個。教師的等第逐次遞升，兼任的職務也相提並進，年德俱劭的普受尊敬。加以整理清潔行道，長年累月風雨不歇的那種奉獻精神，他人難以企及，不次受到報刊的披載讚譽，口碑不停，前幾年的一屆甄選全國「好人好事」代表，他以教授的身分，占了後者中的一個席位。

　　一人有慶，團體增光，辛國冬接受「好事」代表的表揚回來，大家齊向他道賀。他連連的說：「這都是各位的賜與，始有此一機會，個人十分感謝！」並將所受頒的文軸獎品，擺放辦公室最顯眼的地方，展示在各人面前。

　　說實在話，他得來的這項榮譽，學校裡的人是出過力的。比方說新聞的多次披載，都是這個單位的轉述提供，因而才能見

報。儘管傳誦吹噓，原作趣談來說，或含有其他一些言外之意，然講的次數增多，無形中亦成宣傳。因而在表揚回來後的第三天，由其兒子辛承基陪同，捧著獎品，親往大小單位逐一登門拜訪，懇摯而謙遜的致以惆謝之情。

　　台灣雖然是亞熱帶的地方，但時入深冬，寒流來襲，每亦使人瑟縮戰顫。那是一個挨近歲尾十二月末的日子，西北的季風陣陣吹來，冷氣四方籠罩，學校舉行校慶運動會，全體的教職員工生參加。本來上了年紀的人，可以自由意願，辛國冬算是高齡，原不必參加其中，然他不肯後人，穿上短衣短褲，週旋於人群之中。那種少年人亦感手冷腳凍難以抵受的氣候，他肌膚繃緊，走動來回不停，似乎適應自如。

　　「主任，不冷嗎，身體真好啊！」場上遇見的人，每都這樣對他說。

　　「我經常運動，不怕冷。」遇上上開的話，他也都如此回答。話語打結，沒有平常的那麼順溜。所謂運動，自是指清潔道路而言。

　　由於辛國冬在校時間久長，參與經營開創，由講師、副教授而教授，兼任的由小主任而大主任，步步晉升。經歷多「朝」，許多人不知道的掌故，他可以若數家珍的為你說上大半天。人地稔熟，關係良好，不少來校久了的人配不到眷舍，他兒子承基甫行到任卻輕易的捷足先登，不要為租房子的事困惱，自是他的力量，有這淵源關係。

　　辛承基資短學淺，初到即佔高位，那時沒有「任用」限制，誰的「手長、力大」即可佔先。承基每每藉詞表示他的優越，想

免人說他憑關係而倖致。不過如論對人的用心，雖是一脈相傳，若說處事的態度，卻是背道而馳，父子各異其趣。「我的工作方法是最進步的，我的工作表現是超時代的。現在最尖端的科學是太空科學，我卻是超太空，盡善盡美，無懈可擊。」從承基常向人說的這些話，便可概見。

學校佔地廣闊，就地勢蓄湖植樹，各擅佳勝，教職員的眷舍錯雜其中。上班的先生、女士回家容易，名分眷屬的女士、先生以及孩子們來相會晤亦最方便。咫尺之隔，辦公室的報紙、電話都可全家用上。

一次承基的太太羅麗到坐未久，他想她比他同事們的太太都年輕，便對工友小妹說：「你到下面跟辦公室的人講，我這裡來了一位貌美的小姐，請他們上來看看。」

樓分上下，同屬一個單位，原來多人合室辦公，自承基到來，頓覺場地不夠，乃在二樓隔間，特闢一處為他獨當一面，擺放許多新添購的桌椅檔櫃。小妹奉命傳話完了，坐在樓下靠門的程德明便立即前往。

「自己的太太對人說是小姐，辛承基真不是個東西！」程德明從樓上下來，不快地說。

「聽說有小姐就坐不住，腳底抹油跑得比誰都快，怨不得人的啊！」對面的王顯伸對羅麗早有認識，這時答腔說：「不過珠圓玉潤，秀色可餐，跑一趟不算冤枉吧。」

程德明面向樓梯；「辛承基可大方的帶下來跟我們介紹，不應神秘兮兮的誆人啊！」

　　「不這樣恐怕引不起注意，正如他常說他的工作方法與工作表現都盡善盡美，是不可盡行相信的。」挨在王顯伸旁邊的林松彬加入了談論。

　　「什麼盡美盡美，簡直是臭美，我看他一本名冊就錯漏百出，吹什麼嘛！」程德明仍感悻然的補充著。

　　＊　　　＊　　　＊　　　＊　　　＊　　　＊

　　辛國冬原先所管轄的單位，除了正式員額之外，尚有幾人是臨時員。但名雖臨時，所任工作卻是編制內的歷久不變。其中一位負責公文收發，表件繕寫，書刊的訂閱管理以及辦理學生考試、註冊等有關事項，比編制內的人工作多、業務忙，懸了甚久，輾轉才找到林松彬來接充。他們初次會晤，辛國冬客氣誠懇的說：「這是一項甚為輕鬆的工作，做起來是簡單容易的。」

　　「我對此完全外行，請主任多多指教。」林松彬恭謹地回答後，說：「職稱是臨時員，不知將來有無機會轉任正式的？」他具有這方面的任用資格，希冀能有所發展。

　　「先生學驗俱佳，又經過考試及格，是學校所需的對象，很快補實缺，我保證沒問題。」辛國冬停了停，繼續說：「待遇方面，我也事先要說明一下，目前每月的數目不多，但三個月可以調整一次，這個先生可放心的。」

　　「很快可補實缺，不知是個什麼樣的缺呢？」

　　「我這單位內分三部分，現管學籍的金俊聲，明年限齡退休，先生將來就補這個缺。」

人，活在希望中，雖然三個月調整一次待遇的話未曾實現，眼前的境況有欠順暢，但想到有較好的明天在前面，定會忍耐撐持下去。

林松彬幹得十分起勁，就是這個願望在後面支持著。他不僅業務弄得井井有條，且將停頓半年應辦未辦的舊案逐一整理，兼辦了其他不少的工作。在一個多人的辦公室中，他每天比別人到得早走得晚，確如辛國冬所說，他所表現的優越成效，確是遊刃有餘的。

金俊聲的限齡退休，比辛國冬升調大單位晚了兩個月。在他離去的時候，對金俊聲以後的出處作了妥善的安排。因金體健力強，可任繁劇，特請准學校以臨時員名義，仍留在原崗位服務，好輔導新來接任的生手。林松彬兢兢業業，衷心地盼望補這個遺缺，總算快要實現了。

在歡送宴飲餐會上，辛國冬一再感謝大家多年來的合作協力，使組上有不錯的表現，對林松彬尤其誇讚。他說：「先生為我們盡了大力，亦幫我個人很大的忙，現我雖離開，但是仍在學校內，我自要為你的工作安排。」

「金先生兩個月後就離職了，以前你再三說過由我接他的，祈望主任玉成。」林松彬有些靦腆，儘管這話在內心裡說過很多次，仍然說得不順暢。

「當然，我會盡力的。以你這年餘在組裡的表現，接補這職位是順理成章的。」辛國冬說。

「原先在另一個地方本有一項工作邀我前去，但因距離稍遠，而主任又對我那麼好，所以我婉謝了。」

「請你放心，我一定要促成你的願望的。」

韶光倏忽，在金俊聲退後三個月，接替的人迄未發佈，林松彬焦灼十分，打聽不出半點消息，惟外表一如往日，獻出其最大的勁力。

一天，文書組傳來消息，出了許多人意料之外，接這職位的竟是辛國冬的少爺辛承基先生。妻隨夫行，羅麗迅快的隨同搬來，住進了分配好的眷舍。

辛國冬計畫縝密周延，不露聲息。為免父子同室辦公招議，他的出去是為兒子的進來鋪路，留下金俊聲是專為他作輔翼的。另一方面，以其二十多年在這方面的所經所歷，傾囊傳授之外，並事先在學校的文書組檔案室借卷。將有關這方面的舊案調出，交承基一件件的謄抄，好使他作業時依樣葫蘆，文牘報表，可以應付過去。

他心裡想：我為兒子外內都作了好安排，著實費了一番功夫，應可放心的了。

人如其名，辛承基「克承箕裘」，對人也那樣的謙恭，那樣的客氣。尤其對金俊聲這位前輩，人前人後，不惟「老師、老師」稱不絕口，行為舉止間也執弟子禮，表現一種敬謹虔誠的態度。正如林松彬的初行到來，業務繁忙，工作又積壓甚多，需要人來承擔清理的時候，辛國冬對他是「先生、先生」連連稱呼的。

時間飛快，一年瞬即過去，承基摸清狀況，熟悉了業務，公文表報，每學期、每學年就那麼幾件，所抄的檔案改頭換尾，變更一下日期便可。到此時候，他似有甚多的心得，見人之所未見，發人之所未發，對過去許多的措施都認為不當，都要大力的

修改。因此之故,對金俊聲的稱呼也產生了極大的變化,「老不死、老傢伙」便常出現。

　　＊　　　　＊　　　　＊　　　　＊　　　　＊　　　　＊

　　隨著工商業時代的到來,往昔的一些格言箴規,勸人遵守,處在迅速遞變的今日如仍墨守不放,許多地方似便難合要求。古人勉人要「深藏不露,大智若愚」,今則應「自我推銷,三分說成七分好」。處處謙虛,正是處處吃虧,由誇大炫耀成為一種時尚。不過,自己大了,以娶到年輕標緻的作妻室,明裡暗裡向人展示,推介於人,表現自己的勝人一籌,「太太亦比你們的好」,是否明智,亦頗有商榷之處。

　　辛國冬於抗戰勝利之後渡海來台,即到這一單位服務,連年戰亂南北奔馳,戶籍的資料難以考核,籍貫方面是真的,年齡上則希望為國家多出幾年力,以盡國民的義務而減報四歲,囑咐後來的承基入境時亦少報六歲。兩性結合,相差十歲以內尚可搭配湊合,若逾越於此,又無深厚的道德操持及傳統的禮教拘限,彼此是頗難適應的。

　　因雙方的生理心理都有差距,要長久共同生活,似唯有一方大力容忍,才可相安。承基與羅麗實際差了二十多個年頭,某些方面他必須視而不見,聽而不聞,藉以保持表面上的和諧。故而向人推介說她年輕貌美,除了自我表揚,享受一種滿足感,或含有其他的成分,也未可知。

　　一個單位的眷舍集中興建，是時下的普遍現象。辛承基新遷進來，與同事李武義隔牆而居，就是同一機構之故。

　　李武義以妻子陳淑珍在外地工作，幾個小傢伙留在家中，為了照應，不時的打轉回去一趟。因為房舍與辛承基連接，聲氣相通，時相過從，彼此便日漸稔熟。一次羅麗對他說：「你如此的方便，不時可回來，我那個老頭總見不到，是怎麼回事啊？」

　　「我是跑外勤的，跑腿就是辦事，與你先生坐辦公室的不同。」

　　「跑外勤還開計程車，假日攬客，這樣的身兼兩職，你可真能幹喔！」

　　「能幹說不上，不在年輕時吃幾年苦，將來老了想跑也跑不動了。」李武義說。

　　論年齡，他與羅麗相仿。寬闊的胸肌，有力的臂膀，結實壯碩，如果說這是男人的魅力，站在異性面前，是起吸引作用的。

　　「回來轉一轉又走，怕是想太太嘛！」在要離去時，羅麗對他說。

　　毗鄰而居，頻密往來，羅麗對他說笑不是第一次。這次他停下腳步，瞪視對方，該凹該凸的地方恰到好處，玲瓏有致，近在身前，心裡一種異樣的感覺驀然湧現。

　　「怨你的先生不回來，你也想他啦！」他隨她語氣，微笑著說。

　　「我才不想老頭，你想太太是真的。」

　　「她不同你，時常不在家，想也沒有用。」他停了一下：「我不想。」

　　「不想是假的。那個貓兒不吃腥，不要騙人了。」

他走近兩步，拿她的手輕輕捏著：「我看你才是個饞貓哩！」

她縮了一下，順勢的依靠過去。四下無人，擁進房間。

\* \* \* \* \* \*

李太太陳淑珍在幾公里外的加工區上班，早出晚歸，頗以未盡妻母的責任而感內疚，時見芳鄰為她照顧，感戴之情常繫心田。日子稍久，從孩子的口中得知羅麗的到來過訪，主要是親近他爹。細察丈夫與她之間，似確有些不可告人的事。她期望能補裂縫，不致愈陷愈深，幾經思考之後辭掉了工作，專心的做個家庭主婦，為辛苦建起來的這個家獻出心力。

武義的職掌是學校裡辦雜務的，管理眾多的房舍為其中主要一項。自私情被另一半懷疑有了防範，校舍中的空房正多，用具俱全，恰可派上用場。最初是偷偷摸摸的，為時短暫的，紓解激情，便行分手。推是兩情繾綣，彼此都感難得盡歡，需要更長的時間，情調氣氛洋溢，才能從低潮進入高潮，享受最大的樂趣。因而稍隔時日，他倆便借故作一次竟夕之約，以滿足雙方如火般的渴求。

\* \* \* \* \* \*

「不得了，我們單位出了事，有了大新聞啦！」一天早上，程德明剛進辦公室，即環視大家，高聲地說。

眾人不明就裡，急待聆聽下文，他卻好整以暇，慢條斯理的抽著煙。

「鬼鬼祟祟，什麼的大新聞？」王顯伸首先耐不住：「還不有屁快放，趕緊的說出來！」

「年輕貌美小姐，被捉到官裡去啦！」他指指頭上，顯示出一種神祕的樣子。

小姐指的是羅麗，辦公室裡的人心知肚明，何以會捉到官裡，急不及待都想知曉。林松彬見他不語，看著二樓梯口試探地說：「她手腳不乾淨，偷了別人的東西？」

「偷的不是東西，是別人的丈夫。」程德明說完便又停下來。

「你這傢伙原是頂乾脆的，什麼時候變成婆婆媽媽的了，就請快些講出來吧！」王顯伸站起來，走到程德明的桌邊。

「詳細的情形我還不太清楚，聽說是今早零時過後發生的，羅麗與李武義睡在一起，被人捉姦成雙，雙雙被送到警局去，還未回來呢。」

這是爆炸般的新聞，很快的傳遍學校的各個角落。像不大的池中投了石塊，水面上下，同受震動，漣漪波紋，久久不息。

原來李武義除了拿一份正式薪津外，另購了一部轎車改裝計程車，公餘在市區內攬載乘客，賺些外快貼補家用。學校的假期多，加上幾個月的寒暑假可完全掌握，業餘客串的副業近於別人的專業。他的另一半陳淑珍遠赴加工出口區工作，兩個人相當於三個人的收入，節約存儲，月月進帳，稱得上是一個幸福安泰的中等家庭。自從芳鄰羅麗到來，與丈夫相互交好，她外做便少；為防範辛苦築起的巢被人佔據，辭工回家，月入不比從前了。這個是十分現實的問題，齟齬時起，往昔的融樂氣氛消失不見，代之是勃谿糾爭。

　　男女交合的不正常關係，如果有一方能下定決心及時回頭，斬卻那不該有的情絲牽掛，兩個家庭都可回復原來的正常狀態。無如愈陷愈深，這一方以那粗壯的體軀，有力的動作而如夢似幻；那一方以高隆的胸脯，圓熟的臀部而常繫心懷。共同認為是儻來的，不需代價的，不吃白不吃，家裡不便了，約到佈置好的學校空房去。

　　這種事偶一為之，或可瞞過一時，然做多了，又有人專注而跟蹤偵查，就難免不真情敗露，紕漏揭穿了。

　　王顯伸外出了一段時間，回來對辦公室的人補充說：「聽說是李武義的另一半陳淑珍帶人祕密去抓的，地點是床褥俱備，佈置齊全的學校單身宿舍。最初校裡的警方對此不熱心，因不論如何總是一個單位中的同事，女方的公公更是有地位最愛面子的人，這種事揭開了不惟雙方下不了台，團體的榮譽也受影響。但是陳淑珍堅持，否則便要向上級報，相持了一陣子最後始採取了行動。」

　　他停了一下，又說：「據說在破門而入的時候，他倆『工作』過後睡得正酣，一對鴛鴦赤條條被拉起來，好夠瞧哩！」


　　　＊　　　　＊　　　　＊　　　　＊　　　　＊　　　　＊


　　同在公家團體工作的主管僚屬，一般地說，後者待的時間要比前者為長。說某人幾朝元老，是指這個單位主管換了幾次，他仍依舊。辛國冬作主管的情形恰好相反，他的屬下變換了不少的人，他卻未曾動過。學校的行政職務是兼任的，聘函一年一發，他年年照收。一年一年的二十多年，稱多朝元老是不錯的。

形成如此的原因多端，小心文牘是其中一個項目，他可為一個簡單便函、表件的擬撰而花費功夫。全神貫注，筆筆工整，先擬好稿再行謄正，一點一畫的差誤，也用橡皮沾口水細心擦去，重行寫上。雖然用的時間很多，但做出來的清爽悅目，討人喜愛，也是事實。

接受「好事代表」的表揚回來，他想清潔道路的目的已達，對此便再無興致，目標放在鄰室頂頭上司的房間去。擦拭桌椅，拖抹地板，保持窗明几淨，光可鑑人，自己的地方則由工友去幹。勤於洒掃加上案牘勞形，為授課準備研讀鑽探而能抽出的時間便愈來愈少。好在這門課他講了多年，毋須再加進修，依過去的講義講授就可應付。考試的題目出備兩套，隔年輪番使用，也不必為此而費心。比如說：「試分述同一律、予盾律及拒中律？」「何謂全稱命題？何謂偏稱命題？並舉例說明。」便是其中一種。

儘管出題容易，講課也不費心，但一學期有期中、期末兩次考試，試卷要看閱評分，就難抽出空來。常第二學期開學了，催請多次，他上一學期的學生考試的成績才送出。即使如此，承辦人與學生都可放心，因他給分有固定的「分寸」，由字跡的工整清晰、寫的長短多少，從六十五分至八十分之間評定，不會有人因不及格而補考，重修或退學的。

在另一所學校的夜間部，辛國冬也兼上這一門課，課程及考試的次數相同，出一次題可兩邊用。因為是外校，人家是私立特別講求效率的，要求也較嚴，如上一學期的學生評定分數遲遲不送，影響他們的正常運作，下一次的聘書就緩發了。他時效把握得恰到好處，令人讚賞。

每一學期開學伊始，有的學生申請獎學金要成績單，但因他擔任的一科未來，無法合計平均，期限所迫，一次承辦人便登門造訪。時值春節過完未久，他以為是來拜年的，客氣謙虛，禮遇備至，待明白來意是請他評定學生考試的成績時，態度陡變，近似逐客地說：「我儘快趕好給你，如果有問題，我叫承基全力幫忙，你可以出去了吧！」

學校的行政工作，主要是為幫助學生完成教育，有不少的事項手續例須辦理，辛國冬在他的小框框內掌管有年，有獨到經驗與作法，做來頗像頭頭是道。別人以專家稱之，他亦以此自命，說來簡單不過，但他怡然自得，決不輕易告人。

設官分等，各賦職司，某項工作是應擔任某一職位的人承辦，有其一定的範圍。如果明定是範圍內的工作，上級指定別人處理，將你架空，說好聽點是免你勞累，不好聽便是請你走路。美國主持外交的是國務卿，多次的辭職起因於該項事務的未被諮詢，不得不掛冠而去。業務職掌的權限是辛國冬的，幾次另派專人來辦，他無怨尤亦不見其有任何表示。他以長官對這個單位的主管既未派人接充，就得黽勉以赴，二十多年就這連續下來。

對人有禮，對上謙恭，一副恂恂讀書人的風範，表現於進退應對，牢守不替。機械乏味的一項兼任職幹了那麼久又不倦怠，若對其有所調動，冀這個單位因他的離去而革故鼎新，他的出處就得安排，酬庸辛勞，形成他的小主任而大主任。更上層樓，得而內舉不避親，辛承基能跨等越級的進來，就是這種緣故。

學生的人數年有增加，學校的行政機構也隨而加大，「組」之下分課設立，各置課長。編制早經頒佈，辛國冬以現職的人都

難勝任，虛懸不用，待其中的金俊聲退休出缺，安排兒子由外地進來遞補，原先不派的課長發佈，辛承基佔了頭籌。如果是個私人機構，或他條件比人優越，也沒什麼好說的，可是學驗都差，卻居高位，程德明便是最感不平的一個。

　　父子同一大機構從公，兒子又迅捷地獲得眷舍，咫尺之間，常相聚會，實籌謀經營了好一段長久歲月。心願獲償，怎會料到出如此大的紕漏！媳婦與人野合而捉對成雙，送到官裡，報章上真名實姓加上官位，不稍隱諱的連篇累牘，洋洋灑灑的詳盡披載，這樣的辱及家風門楣！全國性的好事代表，小主任，大主任以至教授等等，乃是堅忍刻苦幾十年的用心，付出了極高的代價，才一點一滴積聚建立起來的尊嚴榮譽，如今於毀一旦，現世報的擺在面前。苦心孤詣的結果如此，清白的家風蕩滌無存，這口氣怎能嚥得下去！

　　事發後的辛國冬第一、二天都未上班，第三天住進醫院。似是為免熟人的探慰而難「自容」，再轉院到更遠的地方去。在醫院裡，肉體上診不出他有若何大的毛病，精神卻極端頹喪萎靡。一個向稱硬朗健康的人，入院便出不來，短短十多天遽然而去，使人產生無限的哀思。

　　喪事告竣，承基面對的是與羅麗的善後。兩個孩子需人照顧，不欲因她走錯一步而破裂仳離。他說人總不免有糊塗的時候，年輕人更易犯錯，只要肯改過自新，是應可諒恕。無如來自家族的反對，以她使後代沾污，長輩緣此不起，不應由她再留下來。

　　陳淑珍從報警的那一刻起，就已下定決心，寧艱苦扶養幼兒，也不願婚姻繼續，在法院裡辦了離婚。辛承基只好步調一致，採取了同樣的行動。

　　男歡女愛，原以為各得其所，是一種儻來的幸運，怎會料到付出如此高的代價！這代價實太高了啊！

　　　　　　　《地方人雜誌》一九九一年七月一日

# 《重讀石頭記》討論會

　　九十四年十月二十七日，參加中研院中國文哲所的「《重讀石頭記》：余國藩院士對紅學的貢獻」討論會。會場在二樓會議室，九時未到便坐滿了人，後來的只好擠在外面的講堂，透過視訊聆賞。

　　一部《紅樓夢》，像是〈汪洋大海〉，〈無邊無際〉，深不可測。參與討論的討論人，分成五章：第一章《重讀石頭記》、〈閱讀〉及〈餘論〉，為台大外文系張漢良教授；第二章〈情欲〉，為中研院文哲所研究員鍾彩鈞；第三章〈石頭〉，為輔仁大學比較文學N・K教授；第四章〈文學〉，為台灣大學中文系歐麗娟教授；第五章〈悲劇〉，為中央大學中文系康來新教授。最後〈總評〉，為香港公開大學J・M教授。余院士則逐一回應。

　　在進行的過程中，分成三大階段，一是「學術史的重要性」，由史而文而形上的研究開創，從胡適的考證，到方豪的見證，余英時的典範，何炳棣的中、西比較，〈悲劇〉論述一百年，從想像西方到比較文學；二是「林黛玉的一家言」，由孤女奮鬥，靈犀難通至希望幻滅；三是「四分溪」的文、史、哲、神，水做的骨肉與水生的名字。

　　余國藩院士返台論學，李亦學院士稱為「兩腳踏東西文化，一心評宇宙文章」，學術地位固不待言，而參與討論的研究員、

教授，皆沉潛〈紅學〉數十年，畢生盡力於斯，正如張漢良說「博學鴻儒非一蹴而成，需長期的浸淫與融會貫通」，其研究所得，各有專精，都非泛泛等閒。得參這次盛會，在二個半小時的時程裡，益覺〈紅學〉的廣博精深，似若無限大的礦山，是人終其一生開採不完的。

中央研究院位於台北南港，占地廣闊，各研究所的大樓群群聳立，自成系統，依山傍溪，林木掩影，在靜謐中有一股鬱勃之氣隱隱呈現，應是社會的一種向上進境吧。

我從民國四十六年六月由苗栗入住台中，九十四年九月搬離，幾滿半個世紀。年前依親（兒子）遷來台北，這個被稱為國際的都市，人物薈萃，經濟繁榮，文化發達，交通便捷，環境整潔，有寰宇最高的一〇一大樓，不管那一方面都可與世界同步，因而有機會獲得廁身最高學術機構的盛會，真是幸何如之。

〈劉心武偏得紅樓夢，紅學界從此無顏色〉，是《聯合報》副刊九十四年十二月二十四日〈彼岸文壇動向9〉，青田氏寫的一篇報評文章。開首直敘：「要說上月中國文壇的熱鬧事，倒是讓學術界獨佔了風頭。由作家劉心武開講《紅樓夢》引出導火線，整個紅學界捲入口水仗。歷時已經半年多，不久前成了各大媒體的頭條新聞。」

何謂「偏得？」「偏得者，非正規科班出身，只要得道，差役也能成為聖人。」

劉心武有何偏得？他解大家未在意秦可卿是無名公主，是康熙、雍正、乾隆三個朝政時代的胤礽未入玉牒的女兒，恰在太子被第二次黜廢的關鍵時候出生，偷送賈府密養的。

劉心武在電視台最冷僻的午睡或深夜講「紅樓」，為大群粉絲追蹤聽講，並使節目一再重播。且將講稿整理成書出版，竟至賣到脫銷。掀起的「紅樓熱」，猗歟盛哉。

《興大通訊》二○○六年三月一日

# 學無止境　老宜彌堅

　　民國四十六年，我住進台中大里由政府第一期建造的眷村。物換星移，數十年眨眼過去，社會進步一日千里，眷村迄仍舊貫，低矮破爛，狹窄偏仄，形成一幅極不調和的畫面。且急就章下的產物，八家十家連棟，一家失火，全棟遭殃，國防部經許多研商周折，終於作成所有老舊的都需拆除，改配國宅或換購成屋，限在一定期間完成的決定。

　　我們村兩百戶人家，絕大部分都在台中地區，歡歡喜喜的搬進了新厝，我的孩子在台北就業定居，隨而移來與他們同住。眷村是偏僻的農村，今住的是國際都市，兩者判若天壤，深有「出自幽谷，遷於喬木」之感。

　　《聯合報》副刊二月九日刊出宇文正小姐寫的〈時光〉——「繆思的星期五一文現場報導」，描述一月二十日，農曆歲殘年盡，邀請詩人、小說家朗誦詩文的種種，並附刊彩色照片。我有幸得與盛會，凝神聆聽，在照片觀眾第二排右面的第二個位置。

　　會場在台北故事館，開始時間是晚上七時半，大家次第進場，我應是年紀最大的。朗誦順序是楊牧、朱天文、楊照，因週末塞車，楊牧遲到，改由楊照先唸〈一九七一〉（節選），朱天文〈荒人手記〉（節選），最後楊牧〈時光命題〉、〈介殼虫〉。

主持人是聯副主任陳義芝先生，我第二次與他見面。上次是二〇〇二年雙十節，聯合報地下室進行「一個瑞典漢學家，談中國－台灣的經驗」──馬悅然教授演講會。他與李瑞騰教授共同主持。

我住處近醫院、銀行、郵局、學校，民生社區活動中心即在側鄰，同幢十三層，內有各種服務單位：圖書館、兒童樂園、運動場健身房、長青學苑、集會禮堂、老人休閒等等，設備周全，管理完善。

「長青學苑」開了很多班級，我參加國樂胡琴與江西詩派「兼葭樓詩論」研究的兩個班次。前者由民國五年級生的劉克明老先生教導，拉練許多國語古曲老歌，趣味無窮；後者為陳慶煌教授，他是國立政治大學文學博士，學養深厚，著作豐稔，任教於多所大學。

《詩論》是陳教授的大著，敘述民國初年廣東順德長期講學北京大學的詩人黃節。黃宗宋人陳后山（陳無己），刻印「后山以后」自況。全書六章，詳細引介黃節各時期的詩作與註釋，啟迪諭示了許多我往昔不曾涉獵閱讀過的領域。

得圖書館之便，半年多來，讀過的書新新舊舊為數不少。民國五十二年我住馬祖，每天追讀《中央日報》臥龍生著連載的《玉釵盟》武俠小說如痴如醉。時隔四十多年，小說情節時映腦際，向館借來四大本一千多頁的重閱，另有一番體會，寫成一篇「重讀《玉釵盟》」，刊於《青年日報》。

懷念少年時讀過的蘇曼殊著《斷鴻零雁記》，文辭優美，感情豐富，曲盡纏綿，春節期間，走向幾間大書局，都付闕如，最後還是感謝圖書館的熱情相助，使得舊夢重溫，無限快慰。

步到旅途边缘

位於三民路底的「特易購」（TESCO），是個上下八層樓的大商場，水果生鮮，衣服被具，電視電器，圖書文具，舉凡日常生活，開門七件事之所需，咸皆齊備供應。價格公道，且全年無休，二十四小時不打烊，真是方便。

新東街與延壽街垂直，穿越民生東路五段、富錦街，底至民權東路的松山機場邊。街道不很長，有向記包子麵食館、脆皮‧清蒸臭豆腐、蕭家牛雜湯、山西炒餅‧刀削麵，莫不口碑載道，名聞遐邇，假日光顧，常須排隊。街道的末端是早朝的菜市場，頭段是各種小吃的夜攤子，人來人往，好不熱鬧！

基五號疏散門觀山海濱公園，由麥帥橋延伸至中山高速公路大橋形成的基隆河兩岸，如彎月般的下淌，時見潮汐，舉目是大片的綠草野花。有步道和單車道，供人徜徉馳騁，江上清風，山間明月，是個活動好去處。

台北人物薈萃，經濟繁榮，文化發達，交通便捷，環境整潔，市政井井有序。有寰宇最高的「一〇一」大樓，不管哪一方面，都可與世界同步。

個人痴長八十有六，耄耋之年來此定居，真是幸何如之。常思學無止境，在身體尚算硬朗下，不須再為生活奔勞，有閑自在，正是最好的讀書時間。心惟老宜彌堅，俾獲心靈的無比樂趣。

台北旅行文學獎徵文二〇〇六年五月三十日

# 死去活回

　　我家鄉是一個典型的農村，村人絕大多數靠種田過活。屋邊多水塘，灌溉之外，也是飼養鵝鴨與水牛沐浴的場所。

　　一座水塘，頗像一個小水庫，貯存著天雨，亦將屋裡所有外流的水導引到水塘去。都說屋裡排出的水是肥水，含有甚多養分，有利於禾稻生長，而牛兒大小早晚在塘中泅游，踐踏排洩積聚的許多淤泥，也可作為作物的肥料。當然，水塘養魚，更是生財之道，大家自樂為之。

　　那年我未足四歲，跟著哥與鄰童遊玩，他們商議要拔公鵝的毛，截取毛根透明部分裝螢火蟲作浮標，好於夜間偷釣別人家水塘中的草魚。

　　顧名思義，草魚是吃草的，草魚糞便是其他魚族們的食料，草魚大了，水塘裡的魚族也大了，因而塘裡一定要放養草魚的。

　　長大了的公鵝，強壯勇猛，攻擊生人，孩童更不在話下。你要拔牠的毛，自而起來對抗，我在這種狀況之下，跑躲逃避，被追跌入水塘裡去了。

　　那時是夏初的日子，母親往田裡幹活，近午時候回家，見塘中浮起一件紅衣服，認得是我早間穿的，下水撈起，原來我已溺死過去，且浮上水面，急抱回家，用熱水泡洗，滌除身上的汙泥，耳朵、鼻孔、眼睛全被一層汙泥蒙住。父親聞知趕回，用他

的大口，將我的鼻腔嘴巴罩著，用力猛吸，一口一口的將那些在口腔鼻孔的泥漿水吸了出來。

這是上午發生的事，近十多小時後的晚上仍不見半點甦醒的跡象。鄰人說，沒有希望了，放置旁屋辦後事吧！母親就是捨不得，抱著我夜裡同睡，子夜過後，聞到一股異味，細行查看，是我排了一灘大便在被裡。摸摸心窩，似有跳動，聞聞鼻孔，若有呼吸，我居然死裡翻生了。

這些事蹟，孩童少年時父母親不知對我說過多少次，同姓族中長輩，也每說我命大。

我身體本壯健若小蠻牛，經此變故，瘦的成奄奄一息，但不知是死過翻生或其他的緣故，觸動了身體上的某一根神經，我不僅是兄弟輩中最聰明的，也是附近幾條村同我年齡相仿中最聰明的，讀書成績常列前茅，考試高人一等。

這是久久以前的事了，之所以提起是近讀新聞有彰化秀傳及台北三總醫師見證，一位四歲女童洗溫泉不幸溺水昏迷超過三小時，用高壓氧竟奇蹟的救醒了。

我這個可能是特例，或可作為醫學研究參考。

二〇〇五年六月二十日

# 「行天宮」神威顯赫

行天宮，是台北市的關帝廟，位於民權東路與松江路的交口處。

廟宇軒昂，房大屋高，占地廣潤，金璧輝煌，外圍矮牆綠瓦紅磚，遍植花草環繞，砌低階便人坐憩，地面用最上等的石材鋪蓋，莊嚴肅穆並顯親和，是全台廟宇中的翹楚。

宮主祀的神是關帝恩主公，大仙呂洞賓，精忠岳飛位列左右。香火鼎盛，終年不息，信徒深入公卿士庶各階層。年節時的人山人海，固不待言，平日也前後接踵，擁擠熱烈。我曾分別於週末兩天的上下午前往拜謁，總是人潮如湧，站滿廣庭，魚貫出入，莊肅恭謹，浮現於每一個體的儀態行為之中。

日日宣講教化，倡導不焚化金紙，不演戲酬神，不供奉牲醴，不酬謝金牌，不擺攤設鋪及不設功德箱的六個正信習慣之外，並踐行五大志業。

一、教育：出版《行天宮月刊通訊》，內容豐富，編輯精美。發清寒助學金，舉辦讀書會、人文生活座談會。

二、文化：設「玄空圖書館」敦化總館及松江、北投分館。總館每週的星期五晚上均辦講座，包括藝術、文學等，多采多姿。

三、宗教：財團法人台北行天宮，台北本宮及北投、三峽
　　分宮。

四、慈善：人道關懷，真情付出，最著者為一九九九年的
　　「九二一」大地震救災。

五、醫療：設恩主公醫院，總建坪一萬二千多坪，病床
　　四八六床的完善區域教學醫院。

　這五項志業，走遍全台找不出第二個。

　緣以愛心廣被，有求必應，使膜拜的絡繹不絕。擲筊取籤，
到開解者求明示的排排列列，擠滿側間廡廊，虔敬誠懇之狀，令
人動容。

　籤數一百，各有開示，我秉恭謹之心，依我生日月份抽取
一張，文曰：「汝是人中最吉人，誤為誤作損精神，堅牢一念酬
香願，富貴榮華萃汝身。」注是「戊丁中吉」，我看是「上籤大
吉」，蓋耄耋之年，平安是福，「富貴榮華」早就如浮雲了。

　山門上額橫排「行天宮」三個大字，是書法名家前監察院院
長于右任題字，被學者譽為台灣名匾。從廟向左右兩側的小門，
上額題「赫赫」、「巖巖」，該是廟貌的明顯盛大，雄偉高峻，
更應是示帝君的神威顯赫，臨駕萬方。

　由於參拜信眾在「六不」之下，總得有所表示，於是鮮花、
素果擺滿了大庭的供桌。沿宮邊的候車室、電話亭，由廟提供，
建造材料與形式架構，高人一等，與市設的單簡粗疏不同，入目
即感愉悅。「福由心造，禍在己為」。五倫八德的金言聖諭，張
貼於顯眼之處。而《通訊月刊》的教忠教考，用許多小故事引人
入勝，教化向上提升，肯定有正面的作用。

　　玄空師父黃欐居士（一九一一～一九七〇），經營煤礦有成，挹注個人資產，建設如此宏偉志業，奉獻社會，展現淡泊無私的情操，實至名歸，尊之為宗教典範受之無愧。

　　　　　　　　　　　　　　　　　二〇〇六年十二月一日

# 回學校拜年

二○○七年二月二十六日，是農曆丁亥豬年的正月初九。政府規定今年的春節假期九天，由二月十七日的除夕起，至二月二十五日的年初八。二月二十六日是星期一，中興大學的開學與上班日期，選定這一天實施。早間舉行團拜，中午請我們退休人員會餐。

這是我遷台北後回校拜年的第二次，目的有四：一、乘坐高鐵快車，體會一下新科技的產物；二、與相別一年的許多老友見面，互道契濶；三、拜訪文學院前院長胡楚生博士，請其為我新書《浮生札記》寫序；四、邀請老眷村四向遷離的舊友敘敘。

高速鐵路與原來台鐵最大的不同，當然是時間較快。台北至台中，原最快的自強號時逾二小時，高鐵不足一句鐘。每排多一個座位，較寬敞，仿飛機面前置活動小桌，方便人閱寫用餐。速度在車上沒何感覺，平穩似勝台鐵一籌。

興大退休人員聯誼會，成立於民國八十六年，做過不少的事：為會員服務，爭取應有權益；出版通訊季刊，報告學校概況；印發《退休拾痕》，作較深入的論述；舉辦慶生及國內外的旅遊活動等。在莊會長作權的犧牲奉獻，全力付出下，可稱「績效斐然」的，但它是個沒資源的單位，所有開支全靠會員樂捐，年度學校宴請我們時，是最好辦理的場合，我每年都行參與。

　　午間餐敍，副會長洪作賓教授報告一年來的會務活動概況，詳盡周延，獲得多次的熱烈掌聲。酒過三巡，另一副會長李久先博士陪同蕭校長逐桌致意，特把我向校長介紹誤說我是作家，是〈通訊〉的寫稿主幹。校長諭示要我多為學校宣傳，增進校譽。我說：「報告校長，若有機會，一定一定！」

　　在團拜時，遍尋胡院長未遇，晚間電話其公館探尋。胡夫人說：院長外出未歸，明日始能回來。我說我是台北專程來的，有事請其幫忙，她以他的手機號碼見告。撥打幾次終於接通，電話中拜完年了，隨即提出我所煩勞之事，未多幾句即蒙慨允，囑我將書稿寄去。

　　退聯會的聯誼時間為每週的一、三、五下午，共到惠蓀堂二樓的專設辦公室碰面，我在那裡待到四點多，乘台中公車赴大里市塗城「青年中學」旁拜訪原軍眷村的王建功先生新居，晚餐請我吃可口的牛肉麵，並在他家過夜。

　　翌晨偕同王先生伉儷散步並共進早餐。夫人李女士多才多藝，在「長青學苑」勤習日語、英語、國畫，日無餘暇，客廳裡掛滿他夫妻倆的畫作，山水花鳥，明潔高雅，滿室生香，令人敬佩。

　　客歲回學校拜年，住眷村老會長段潤亭先生中市新家，蒙其熱誠接待。第二日的中午，並邀請多位袍澤到其寓所共敍。想今年我應回報，行前便做連繫，相約往霧峰的「迎賓樓」會晤。攜了大瓶的金門陳高前去，談談說說，相與盡歡。

　　我們老軍眷舍位於大里市計二〇八戶，前年起逐次搬離，我依親遷來台北與他們同住。春節受邀回校拜年，歡快就道，欣然賦歸，愉悅之情，久留心坎。

《興大通訊》二〇〇七年三月三日

# 瞻仰「指南宮」

　　歷史悠久，盛名遠播的「指南宮」，俗稱「仙公廟」，位於台北市東南十二公里的文山區木柵東郊指南山麓，海拔250公尺。

　　由下往上，步步階梯，有一段很長的甬道，上有覆蓋，可避日晒雨淋，兩房擺滿各種日用貨品，以祭拜的香燭最多。

　　殿前依地勢砌石道，寬闊成拱形面，雖陡削峻峭，環迴而進，覺不出爬走的艱辛。

　　「宮」祀的主神是呂祖，亦稱呂恩主公，秉「三教同體」的教義、尊「道」為中心外，兼奉「儒、釋」，故有「大雄寶殿」（祀釋迦年尼），「圓通寶殿」（祀觀世音），「大成殿」（祀孔子）之設。

　　因位於山麓，居高望遠，視野廣濶，木柵區全行入目。週邊花木扶疏，蟲鳴鳥唱，前往瞻仰膜拜，除了祈福討喜，亦是郊遊踏青的好去處。

　　我前後去了兩次，第一次是元月十三日，由兒子雲飛開車載往，天氣陰霾，又下冷雨，匆匆走看，印象反而不及行前上網找的資料，更見具體。

　　網頁的「神明由來」說：孚佑帝君呂洞賓，即民間俗稱的「呂純陽」、「純陽夫子」、「仙公」，據說祂是唐代京兆（西安）人，本姓李，為唐朝皇室之宗親，自小聰穎，後來中了進士

派任縣官，但當時天下大亂，棄官入山修道，找到一個雙口的山洞，就以呂為姓，並與漢鍾離同修煉，終成大羅神仙。

「屈指古今誰進士？終南山水屬先生！」是指南宮的廟聯，台北市長青學苑詩詞班教授陳慶煌博士（政治大學文學博士），一天上課時寫在黑板上。他說呂洞賓之能成仙，是因進士未第，志不得伸，憤而棄儒從道修得的正果。

這與網頁顯然有異，邀友人同往查察，東尋西覓踏破鐵鞋，果於正殿最裡邊第二排「點石成金」下見到上開的柱聯。面陳老師，他慎重的查證後答我：呂洞賓在唐代武宗朝兩試皆落第，第二試是會昌年代，那年他已六十四歲了，可從《舊唐書》、《新唐書》中看到，他是確未考中進士的。

第二次去的那天是三月二十四日，週末天氣很好，到宮參謁的人甚多，中午在宮素餐，開了十幾桌，菜新味鮮，大鍋飯香留下深印象。

傳說「臭頭皇帝」朱元璋，為理髮而怒殺過多位髮匠，呂洞賓對此不忍心，化身為朱剃頭，治好了朱的頭臭病。從此世間的理髮師便奉呂為「保護神」。

與呂同為八仙中之一的何仙姑，他多次追求被拒起了妒心，看到人間情侶就拆散他們，因此戀愛中的年輕人都不相約上指南宮。那天我們一百多人吃飯時，皆是上了年紀的阿公阿婆，見不到少年人，或許也與傳說有關。

指南宮因倡「三教同體」，除了上說的祀奉釋迦牟尼等殿，還有「太歲寶殿」、「三清寶殿」、「斗姥寶殿」、「凌霄寶殿」等，佔滿了整片山。新設的貓空纜車起站就在側旁，宮室巍

峨，金璧輝煌，精奇巧妙，美輪美奐，足供人探討研究與藝術欣賞。當作健行以盡一日之興，鬆弛身心，當亦是養生之道。

《興大通訊》二〇〇七年四月十七日

# 愧不敢當

民國六十年二月，我應中部地區的一所公立大學缺員甄試，甄的是註冊組的臨時員。經過筆試、面試，附繳一張十行紙所寫的楷書，半月之後，通知錄取。

臨時員待遇很低，我對此不計較，因為我是軍人退休，領有一份退休俸。之所以對此熱衷，我的期望是將來，冀先能沾到邊，待有機補上正式的空缺，好在這方面發展。

我是有備而來的。在服役時，我便參加了考選部舉辦的「教育行政」檢考，再而通過相當於高考的「乙等」特考，具有任公務員的條件。

註冊組臨時員幹的是收發、書報管理、文件簽辦等。因為是公立，負每年中部地區大專聯招試務之責。有關這方面的函件來往，簡章發售，答覆詢問，都在我職權之內。我全神以赴，不曾疏虞，獲得了頗多讚賞，年餘便正式的補任了實缺。

該所大學當時共有四個學院，分別是農、理、工及文學院，我負責掌理文學院中文、外文，歷史三個系的學生成績，對彼等的學分、必修，選修與學籍等都須依照學則進行，使能順利完成學業。

農藝系有一位女同學讀了三年，被「當」的學分很多，讀不下去了，轉到中文系來。年餘過去，毫無起色，眼見她在限

定的學年內難以畢業，必定踏上退學之途，不但虛擲青春，浪費光陰，對她個人固是一項打擊，對社會也沒有好處。我為了她籌謀計畫，指導其課程修習，帶她到她的導師處作了一次懇談，也陪她到握有關鍵主科教授辦公室拜訪。峰回路轉，眼見必「死」的，終於回「生」，達到領取「文學士」文憑的素願。

我原住台中縣鄉下，在她畢業典禮的那天晚上，她父親帶她到我家裡來，說我救了他的女兒，救了他的家庭，千多謝萬多謝的謝個不休。

我是廣東人，僑生中有些粵籍來自香港的，水準一般的說較差。他（她）們回國求學，離家別親，遇上年節，有時邀其到我家敘敘，學業方面能幫助的，定必多方指引。農藝轉系的那位女同學，基於職司，盡我應盡的一分責任而已，沒有何可稱道的。

二十多年了，可是那位家長的拳拳服膺，坦率真誠，一直敬我為極大的恩人。每逢中秋、春節，必致其恭候之意。我雖再再固辭，然他不改往昔，盛情若初，使我這個不善應對的人愧不敢當，慚怍難已。

感恩文學獎徵文二〇〇七年八月四日

# 七堵小鎮

　　七堵是個小鎮，轄於基隆市屬的一區，幅員不大，卻是個交通樞紐。基隆河流經於此，南北高速公路、台灣鐵路與縱貫公路穿過其中。以中央的明德路為界分成兩半，鐵道在東，基隆河、高速公路在西，構成一個綿密的環節。

　　我住台中四十八年，兩年前眷村拆除，依親北來，落腳台北市松山區，戶籍與祖宗牌位則設於七堵的兒子舊寓，農曆每月的初一、十五，循例以鮮花素果往七堵拜拜，從不間歇。

　　一個月總有幾天在那裡消磨，早朝昏暮，與許多當地人徜徉徘徊於基隆河岸，領略江上清風，漫步於設計完善，遍植杜鵑，整治好了的防洪堤道。

　　這裡，過去是颱風受虐之區，二〇〇〇年的十一月二日與二〇〇一年十一月十七日，前者淹沒街道一樓，後者淹至二樓，水鄉澤國，汪洋一片，全皆飽受了禍害。政府投注了大力，鑿洞分洪，建站抽水，築堤固岸，後應不會再有水患了。

　　基隆河環護七堵，由頂至末約三公里，設三橋連接對岸，河中魚族難以勝數，放眼水面，成群結隊。家庭的廢水流入河中，魚在水口密密層層撥不開，尤其是吳郭魚。許多的鷺鷥、鶴鳥、鸚鳥以此為生，繁衍綿延牠們的後代。

　　臘月春初，北方南來的雁鴨類到此度歲，以基隆河為生活區。晨間河堤步走，舉頭上望，牠們人字形、一字形，分成許多梯次，行行列列的向北飛去，夜裡再回。

　　河中的魚真的多的難以復加，水中氧分不夠，牠們必須常浮水面吸氣。七堵連接對岸有三座橋，最南的名「七賢」，水深灣大，略加留意，每見龜鱉和尺把長的大魚泅游其中。

　　人們都說河中的魚類是不能吃的，因為牠們身上有毒。但遠古以來在此生活的水鳥，每年冬北方來的候禽類代代相承，何以未見對其有影響？

　　這是一個命題，有請高明賜教。

《聯合報》二○○七年九月六日

# 芝山岩

台北市的景區園林「芝山岩」，現稱「芝山公園」，巨石堆疊，峻巘險巇，樹林濃蔭，高若參天，為海拔五十二點八公尺的小山丘。她具歷史性，位在士林區，北邊是陽明醫院，南面是士林官邸，好幾十路的公車都可到達，交通十分方便。

我曾兩次前去。第一次陪同一群學生，由西邊入，甫進門，即聞眾聲鼓譟，蟲鳥的交響樂灌滿耳朵。最特別的是蟬唱，都十一月的冬令了，怎還會有蟬叫？園中的導遊說這是另一種蟬。

第二次去由南面直登，過雙溪河的雨農橋，溪水碧綠悠悠，緩緩流淌，兩岸青草連線。仰望芝山如案，蒼翠若畫，巨岩處處。頂上右邊的柏樹一枝獨秀，左邊的圓塔高人一等，走百二崁步道兩百二十六階直達「惠濟宮」。在山上繞走時，遇上一隊日僑小學的小學生，在老師帶領下介紹山上的種種，似若懷舊追思。

茲分三方面試作陳述。

## 一、清朝的芝山岩

康熙年間，漳州人陸續到此開墾，因懷念福建家鄉名勝芝山，取名「芝山岩」。山上最大的廟是「惠濟宮」，建於乾隆十七（一七五二）年，祀開漳聖王、觀音佛祖及文昌帝君，庇護眾庶，香火鼎盛，做了許多善事。

初，漳、泉二州人械鬥，亡故枕藉；乾隆五十二（一七八六）年林爽文反清復明的許多死難民眾，暴屍得以掩埋，都靠「惠濟宮」的出力。

## 二、日治的芝山岩

清光緒二十一（一八九五）年，馬關條約台灣割讓日本，日人即展開奴化教育，其學務部在惠濟宮後殿設日語傳習所，推廣日語教育，聘來日人楫取道明等六位老師，又稱六氏先生，招生二十一名。

翌年這六位老師早起準備搭船到台灣總督府慶祝新年，途中遇上反抗軍襲擊，全被殺害，芝山岩學堂停課三個月。

此事震驚日本當局，日人為強化其統治象徵，稱「芝山岩精神」（亦稱芝山岩事件），於當年七月一日設立「學務官僚遭難碑」，其後每年的二月一日，大台北地方官員、師生，都要參加祭典。

## 三、光復後的芝山岩

日據時代，設六位先生神社奉祀，台灣光復其所建多被拆毀，連六氏的骨灰也被丟棄一旁。後來惠濟宮的住持，將骨灰安放在大墓公（今同歸所）旁不遠處。芝山岩學堂是士林國小的前身，民國八十四年（一九九五）六月一日士林國小慶祝一百年校慶，而以花崗岩石改建，成為今日所見的「六氏先生之墓」。

因芝山岩在光復後成軍事重地，周邊有士林官邸、情報局，設有國軍駐守。她在行政上歸陽明山管理局管轄，附近幾為情報

局使用，故有戴笠將軍相關的雨農、雨聲國小及雨農路、雨聲街等名稱。

　　總括來說，芝山岩，南緩北陡，蔥蘢獨秀，古木森森，姿態各異，環山繞走，全是高架的道路，整潔清爽，井然有序，頗值前往遊賞，亦每為日人觀光所到之處。

《興大通訊》二〇〇八年三月一日

# 老兵憶往二帖

## 鞋子

民國五十一年，我服務的那個陸軍師，接防馬祖，在未移駐之前，舉行過多次行軍訓練。這訓練含有比賽性質，在桃園與新竹間的鄉間道路實施，以營為單位，上級的團部、師部組成機動小組，評鑑優良名次。

我是營級的輔導長。步兵部隊行軍是家常便飯，沒什麼稀奇的，不過「比賽」就不同了，講究服裝、儀容、速度、裝備、紀律等都在評分之列。營、連、排的帶兵官平日的訓練良窳，於此可作充分的表現，而政戰幹部的關懷呵護，鼓勵士氣，尤顯其重要的一面。

為了這次行軍，我作過認真準備的，除了穿戴，特別買了一雙新膠鞋，走起路來，虎虎生風，表現得很有精神。

當時的營有四個連，在行軍的途次中，我前前後後，在隊伍的行列中穿梭，與一些士官幹部們照面招呼。

行行重行行，汗出如漿，慢慢覺得不對勁的是鞋子，腳掌發脹，似乎越走越緊。中途的休息站休息完了，重新上路，兩邊的拇趾、中趾頂著鞋尖，血脈賁張，不斷刺痛。十趾痛歸心，很是難受，走步一跛一跛的。

我是資深的校級軍官，在眾多的官兵前為人表率，動見觀瞻，絕不能中途落跑。忍著痛苦強行前進，彷如重病纏身，與初始恍若兩人。營長、副營長幾次勸我離隊，跟著後面的救護車同行。我萬分無奈只好應命，但羞愧無地，慚怍的難以自容。

行軍告竣回歸營房，脫掉鞋子看視雙腳，兩邊的大趾充血發燙，腫脹瘀黑，不能觸摸，四個月後舊趾甲脫落換出新的，始行復原。

越野行軍，鞋子越舊越好。這是幾十年前的痛苦經驗，頗值部隊中年輕的老弟們借鑑。

## 特考

我沒大專學歷，想參加公務員的高等考試，非先從考選部所辦的檢定考試開始不可。費時三年，皇天不負苦心人，僥倖完成。

高檢過關，同年應考試院同類科的「乙等」特考，順利地取得了公職的任用資格。

「教育行政」是我所考的類科，及格後的第二年退役離開部隊，到一所國立大學服務。民國六十二年行政院輔導會舉辦特考，我應試「乙等稅務行政」，再而榮登金榜。

這兩次考試都相當高考，但前者是資格考，後者是任用考。在後者的公告過後，我接獲通知，準備前往職前集訓，便派新職。我懽愉無既，靜候佳音，可是等啊等的，全無動靜，去函查詢，回說訓已結束，人皆分發出去了。

這是意外又意外事件，追根究柢，原來是受了關說，「備取取代了正取」的大烏龍。本可據理力爭，還我公道，但忖錯已鑄

成，爭也不會有結果，與人為善，以這次考試修習之所得，作為對自己一次額外的「磨鍊」。

平心而論，如此的結果，內心不無悵悵，但細加揣度，「稅務行政」分發的是稅務單位，多與管錢有關，與錢發生了關係，說不定「見可欲而不能把持，牽引出麻煩來」。如此一想也就釋然了。

當時我在學校幹的是額外臨時員，既已外調無望，就在原位補實職，轉了正式的公務員。學校有寒暑假，假期特多，有暇專志於往昔愛好，沉潛於塗塗寫寫，蒙文學院教授們的指導啟發，得過多次的有獎徵文。也曾被以「名家」身份邀稿，對中學生作「寫作漫談」。

三度應考，時近十年，孜孜矻矻，全神集中，貫注於所考科目，苦讀鑽探於從未涉獵過的學門，如前者的各國教育史、教育哲學、教育心理、教育制度；後者的會計學（美國）、財政學、經濟學、行政法等，心無旁騖，感受有意想不到的收穫，說是「磨鍊」，似不為過。

流光飛逝，時日已遠，因環境的培育，安分自在，養成了寫作的習慣，歲月漫漫，未曾間歇，收集已發表了的篇什，出版印發了十本文集。此固微不足道，但敝帚千金，大約所謂「失之東隅，收之桑榆」吧。

《青年日報》二○○八年一月二十三日

# 「米壽」懷父親

　　話說兄弟兩人因析產紛爭，共同訴求於族中長老求直。其事的緣起因兩口水塘，兩人均欲取得靠近屋旁的那口大的，嫌棄遠在山腳的那口小的。作兄長的以為近處的水塘，他曾流過不少汗，歷了許多苦才挖成，自然應該給他；況較肥沃的田產弟弟已經分去了，更不應再把這一口好塘也要佔有。作弟弟的則以挖塘時他雖未曾出過力，是因為當時年紀小；如果以出過力作為分得的理由，那麼其他祖先遺下現成的又怎麼說呢？

　　族長聽了他們的陳說，略加思索，即謂較好的農田已為老二所有，那麼這個近旁的水塘，應該劃歸老大，才算公平。

　　在這個場合之中，除了他兄弟二人外，前來觀看的也不少，一致認為這樣評斷甚是公平，彼此都不該再有話說。就在這當兒，作弟弟的一方面聲言不服，請重加考慮他的述訴，一方面拿來旱菸袋，恭謹地裝好向族長奉上。族長接過抽完，再行取菸絲續抽時，沉吟有頃，掃視場中一遍，徐徐地說，剛才聽老二的敘述，他像是沒有道理的，但仔細想來他說的亦是事實，老大只幫挖過一口塘，其他都未出過力，未出過力的尚能分到，那就近的就該讓給老二了。

　　最後的這句話，便成定案。

　　大家聽了頗感詫異，惟是族長說的都得服從，縱使不以為然也得接受。蓋因其為族中的最高權威，是不可違抗的。

　　如此的裁決，恰是一百八十度的相反，何以會若此的前後矛盾？原因是這個做弟弟的，在奉菸的過程中，暗裡塞了一塊袁大頭的銀元在那裝菸絲的小袋中。當族長再次取菸絲時摸到，於是逕自「平反」，偏向原是理虧的一方。

　　這像是笑話的故事，是孩提時在家中聽父親說的。在此寫出，乃是追寫父親，而我居然也做了族長的緣故。

　　我這個姓李的，在故鄉由十世祖範軒公來此落居開族，到我這一代已十六世了，人丁興旺，繁衍綿延，男女老幼達數百之眾。人雖不算頂多，然稍有頭臉露面的，莫不有個響亮諢名，恰如其分，像是《水滸傳》中的許多英雄。

　　父親孤獨單傳，幼失扶持，家無恆產，成婚後生我兄弟妹六人，一下成了八口之家，生齒浩繁，佃戶受盡剝削，仰人鼻息，稍有差池便收田另租。他歷盡苦辛，做過許多行業；仲介不動產買賣、越省（廣西）販售牛隻、肩挑重擔，西糴東糶，收取微薄報酬與賺些秕糠碎米。

　　這些都是難以長久的生計。一次媒合土地之中，獲得了新地主的青睞，承佃了整個山谷數十畝梯田。深山路遠，舉家遷去，蓽路藍縷，種田、釀酒、養豬，打開了一條活路。

　　父親交遊廣闊，每為抱不平而得罪他人。子夜為追回鄰人被偷的豬隻而奮不顧身，建新居受欺被迫興訟。他組公司砍伐我族公有祖產的「田沖尾」的一批名貴杉樹，交我兄河運輸售海外。文輝伯是附近方圓數十里學問最好的，他倡在祠堂開館，請輝伯

出來施教。他說父母之仇不共戴天，但若能引起這個仇人兒子會吃鴉片（吸毒），這個仇也不必報了。他講故事引人入勝，我的第五本書《攻城》篇的情節，就是追記他跟我多次說過的回溯。

備受欺凌的父親，一次遠途走商，熱毒沾染，昏死多日，族中另一房的尊輩向人傳話，誣說父親借過他的巨資作賈，未曾歸還。人說他都死了，無法還了！尊者稱將來他寡妻改嫁，錢是跑不了的。

民間習俗，重男輕女，我排行老二，鄰人以父親連續得男，頗表祝賀，那位尊者說：「有何好歡喜的？如生女尚可做外公，生男有本事娶媳嗎？」

我九歲始入塾啟蒙，讀的三字經、千字文而至論語孟子，都是跟著口水唸的。第三年換塾師，在《古文觀止》、《故事瓊林》選一些教讀，也是照本宣科不講解的。

我們家與張姓的「財主佬」（破落的地主戶）為鄰，時有過往，一次諢名「瘦籐」的問我讀過的書，並要我唸給他聽，我將范仲淹的〈岳陽樓記〉一口氣的背完了，他很是驚訝，要為我做媒，可是父親因上開那句「無能娶媳」的話，三歲時便為我訂下了。

我結婚時在老家祠堂請客，父親不惜血本，買了一籮筐、一籮筐的鞭炮，連續燃放，久久不歇，煙硝上沖，響聲籠罩整條村莊，引來多人問訊，父親是有意傳給那位尊者的。

父親頗以我為榮，帶我去見老學究，是知我會背書。我在讀高中時，校作文比賽獲第一，全縣的中學比賽我第二，頒發了兩面錦旗，過年時父親將旗用竹竿高掛大門外。我家住在山區裡，根本就沒外來人，我說山中掛旗有何用？他就執意如此。

　　《我的父親、母親》,是民國九十三年一月立緒文化蒐集許多名人所寫而編選發行的兩本專著,廣為人喜愛一直占暢銷的排行榜。時人李開復,以電腦博士聞名國際,二○○五年被google公司任命為全球副總裁兼中國區總裁,民九十七年二月四、五日在聯副發表的〈兒子是母親最甜密的牽掛〉,敘述他母親的種種,無疑將來會編入專書,我讀後感懷滿胸。

　　故鄉多山,交通閉塞,人說兩種方言,講廣東白話的占大多數,講客語的人較少,但都最信風水。相傳客人葬了一口寶地,是要出「天子」的,他們組民集眾,鑄造軍火,以起義佔城作根據地,效法太平天國洪秀全的皇帝夢,在無預警下居然得手。稱孤道寡,任官縱因,派了不少的司令、總兵。然這少數烏合之眾,自難成事,在政府調集軍警圍剿下,他們被打的如流水柴;被逮審問,驗明正身,他們說:「艾(我)不是講客,艾是講白的。」不打自招,擺明是攻城的賊仔,無須再審便槍斃了。

　　故事不免有些傳訛,但「十三鄉艾佬(客人)攻城」,明載於我們的縣誌中。

　　〈威靈顯赫〉是一九八五年我在《青年日報》發表的一篇文章,追述故鄉的一位神靈「洗太」,在梁、陳、隋三朝,歷梁武帝、陳武帝、陳文帝、隋文帝四代,領兵安定南疆,著有功績,備受倚重,她死後顯聖,萬民膜拜。李甲孚先生一九八二年五月在新生報寫的「洗夫人」一文,敘述詳盡:余秋雨教授一九九五年著《山居筆記》中(天涯故事)一章,考證洗氏於西元五二七年,歷被封賞,她是廣東省陽江人,瓊州海峽兩岸還有幾百座洗夫人廟。

　　我的一些憶舊作品，都在兩岸隔絕不通時寫的，憑的是幼年父親對我的講述。而所有說辭與史實無大差異，足證父親對我所講是有所本的。

　　父親未受過正式教育，憑的是聰明智慧應世，在當時算是活躍人物。如不是他租到整個山谷梯田耕種，我家八口恐早成餓殍；我能跟隨一個團長出來而到達台灣，是他多方面找到的關係。

　　一九四七年我在廣東連平縣政府擔任要職，那時年輕，同鄉每問我父親何人，我告訴他名，互顧茫然；及其後以其綽號「阿車」加注，則恍然地說：「啊！原來你是他的兒子。」「他」字的聲音特別響亮。

　　故鄉祠堂，頗具規模，是族人春秋祭拜及學塾之所，文革被毀，我探親醵資重建，論歲排年，我這個臨陣多次不死的竟是族中最老。本文開首說「兄弟析產」的那個族老一言九鼎，我則難以置喙的徒具虛銜，是時代不同了吧！

　　父親在族中「崇」字輩，諱崇德，民國前十六年農曆五月初五生（一八九六至一九五六年）。「阿車」諢名，簡單地說是能言善道的名嘴，亦含有吹牛誇大之意。

　　個人筆耕數十年，想寫本文甚久，總感難有恰切之詞表達父親於萬一，然活至耄耋，今年便是「米壽」（八十八歲），風燭之下，判不定說走就走，如不儘快完成，不但於心難安，我的兒孫與兄弟姪輩，亦難知祖德流芳，生我育我的劬勞。

　　　　　　　　　　興大《退休拾痕》二○○八年四月一日

# 用誌不忘

　　與台中的老友相約，三月二十二日的「十二屆總統、副總統選舉」，如果我們支持的馬英九、蕭萬長候選人獲勝，翌日共同會餐慶祝。果如所願，勝得出人意表，獲票7,659,014張，占58.45%，贏對方二百二十一萬多，是四任民選總統以來最多的一次。

　　我之所以有此構想，一方面是期久別了的故人藉此聚首，共話濶別，而第二日的二十三號星期天，正好是我預定往台中七星山掃亡妻墓的日子。

　　是日午前十一時抵達，刘除雜草，修剪桂株，以具備的牲禮鮮花果品，率同兒媳孫輩九人上香行禮，於禱詞中不經意的說出了我們的大勝利：「德仙：我們大勝了，中華民國萬歲的口號，很久沒有聽到了，昨晚由國民黨的榮譽主席領導喊出，妳必特別喜歡的，我講給妳知，妳在天上也必大為快慰！」

　　這一番說詞，向走了七個年頭的老妻訴說，不是預先存意，而是一時的像是本能的驅使。我想了再想，或許是潛意識裡，受了陸放翁「王師北定中原日，家祭母忘告乃翁」的那種情懷使然。

　　台灣自古以來就屬中國，她之亡於日本，乃一八九五年甲午戰爭造成的結果。日人侵占，義戰屢起，文人義士，前仆後繼，「宰相有權能割地，百姓無力可回天」斥李鴻章的詩，芝山岩殺日六教師的反奴化，霧社的集體抗暴，彰彰史冊。一些台獨分

子數典忘祖，去中國化，「中國豬滾回去！」，「太平洋沒有加蓋，可以游過去呀！」諷嘲分化，無所不用其極。由這次選舉的結果顯示，人心歸向，大勢所趨，是難以遏阻的。

他們之得逞，二〇〇〇年的那次選舉，緣於國民黨的黑金與分裂，二〇〇四年的再次僥倖，起因於「奧步」詐術的兩顆子彈，騙得了八年的執政。如果真如他們再再宣稱的愛台灣，戮力同心為全民謀幸福，定會受人愛戴。可是賣官鬻爵，公開貪瀆，致使人民疾苦，國際地位一落千丈，也難怪大家以選票將其袪除了。

「得民者倡，失民者亡」，古有明訓，衷心祈望儘快恢復國泰民安，繁華富庶，再聽不到族群分裂，省籍情結，共同在這一塊土地上，努力打拼，過著歡愉快樂的日子。

流光飛逝，瞬將近月，儘管那天緣其他因素，未能依原先之計劃共聚一堂，舉觴互祝，然畢竟是翹首盼到的一件大事。謹此綴記，以誌不忘。

二〇〇八年四月十七日

# 江南八日遊

　　「麗日長空，海天一色」，是我們江南八日遊由香港飛上海的第一印象。在浦東機場降落，放眼週邊江水混黃一片，怪異這是長江之水吧，何以與黃河同色？及後在寧波乘船赴舟山列島普陀山，海面遠近，仍皆黃濁，見證這中國第一大河，完全的被污染了。

　　上海人口一千七百萬多，超過二十層的大樓三千座以上，堪稱世界之最。夜遊黃浦江，遊覽車塞滿碼頭，江中遊艇穿梭，包含各色人種。城隍廟百花商場，萬頭鑽動，在狹窄的街道上接踵擦肩，市聲雜沓。濛濛細雨中南京路上徜徉，老大房、食品坊貨如山積，觀光小火車來回不歇。

　　蘇州是古之名城，再而「楓橋夜泊」的寒山寺，皆使人有鮮明印象。小橋流水，游舫欸乃，隨著時代的步子走入歷史之中，許多小河都填掉了。

　　「山外青山樓外樓，西湖歌舞幾時休？暖風薰得遊人醉，直把杭州作汴州！」是宋代林升所寫的一首《西湖》七絕。有一間名為「樓外樓」的餐館就在西湖邊上，專為遊人治饌。館子之大，鮮有與匹，樓高數層，大大小小餐廳無數。菜餚中具有特色的有「東坡肉」與湖產的「糖醋魚」，生意興隆，座無虛席。

　　謁岳王廟，在穿堂的牆上刻有「民族英雄」四個大字，導遊說這是你們的國父孫中山先生手筆。隊中的郭浦英眼尖，她一下便看出罩門，指說他（國父）民國十三年便逝世了，而立碑卻是二十五年。趨近審視，是北洋將軍馮玉祥的題字。

　　杭州、西湖，風物之勝，早有定位，當地人的從容悠然，似與上海有別。上班下班、汽車、機車、單車，前後魚貫，層層疊疊，每見近身而過，但總能適時迴旋，不相擦撞。道路纖塵不染，花木扶疏，暮春四月，草長鶯飛，處處都是醉人勝景。

　　由西湖往寧波，走高速公路約一百五十公里，路中央與兩邊的植栽，經園藝家的揀選與專人照護，紅綠翁鬱，向榮茁壯，有一股勃發昂揚，生生不息的氛圍直衝胸臆。

　　美麗清爽寬大的江南大道，沿兩旁不遠新蓋的住宅，一落落的白牆紅瓦，都是幾層樓的建築。我前曾到過這裡，現況與過去完全不同了。長途寂寂，領隊命我講幾句話，我說放眼這些聳起樓群，用「雨後春筍」不足以形容，似是使用魔法一下子冒出來的。

　　寧波以「樟」為市樹，山野道邊，處處可見。水杉也作路樹，株株挨接，塔形高挺，與上海、蘇州的梧桐相互輝映。

　　我們到寧波是八天中的第六天，住宿酒店的對面是「天一廣場（大商場）」，附近的街道鋪磚塊專供行人步走，場屋連棟，長到望不見底，貨物應有盡有。台北是國際都市，相對難以企及。

　　普陀山位於舟山群島中，是觀音佛祖勝地，面積12.5平方公里，設籍四千餘人，不種地、不打魚，全靠賺拜佛與旅遊業維生。廟中的和尚、尼姑八百多，自然也靠神吃飯了。

「不肯去觀音院」是神蹟顯現下的建築。據說日本僧人慧鍔從五台山奉觀音像回國，船經普陀山洋面受阻，三次皆走不成，只好靠岸留下佛像，是普陀開山供佛之始。島上的大小廟無數，巍峨宏大，莊嚴肅穆。

普陀山人靠佛過活，奉化溪口也以另一種方式步其後塵。「蔣氏故居」的遠遠近近，內地人及海外歸國的，皆慕名到此一遊。瞻仰統一中國，抗日勝利，收回台灣的偉人蔣介石。看豐鎬房、妙高台、玉泰鹽鋪和武嶺門第。說著各種方言，一隊隊的緊密挨接，氣息相聞，戶限為穿。

日將月就，自然帶動了百業，活動了經濟。製售寧波「千層餅」的佔了整條街，莫不門庭若市。佩「五星上將服」，穿高統靴，身材碩大光頭鼻高，化成蔣介石形象的與人照相，應接不暇，整個溪口、奉化都「發」了。

寧波「天一閣」藏書樓，明代人范欽所建，為中國五大藏書樓之一。據謂清代乾隆朝輯成的四庫全書，有一部即藏於此。樓全是木製，最須防火，閣名「天一」，乃取自易學「天一生水，地六成之」之意。

我們這個旅遊團由興大退休人員組成，人數二十二位，女十三男九，筆者癡長八十八，最老，賴麗靜芳齡五十二，最少，平均六十八點零九歲，十足是個老人隊。在會長莊作權教授帶領下，按部就班，有條不紊，走遍江南最繁華的兩省一市，八天七夜，歡愉圓滿。

《興大通訊》二〇〇八年六月一日

# 我的人生旅途

　　民國三十三年我高中畢業，對日抗戰到了第七個年頭，是個最艱苦也是曙光顯現的時刻。我立志從軍，投考中央軍校的二、四、六分校，放榜錄取，只是去路陷敵，其後跟隨一位回鄉省親，新當陸軍上校團長的同鄉入伍，充當團部的文書兵，在粵南的廉江、茂名與日軍對峙。

　　抗戰八年，終獲勝利，全國歡欣鼓舞。我們部隊在就地整補後，開往廣州近傍的番禺接收。我生在山地裡，一直都是個土包子，隨部隊行軍，前往珠江三角洲，途中經過江河大海，真是開了眼界。淪陷區在日軍、偽軍的雙重剝削蹂躪下，形同人間地獄。一九八五年，抗戰勝利四十週年；一九八七年抗戰五十週年，分別由《聯合報》、《台灣日報》徵文紀念，我為文應徵，雙雙入選。

　　我原在海南防衛部服務，民國三十九年的五月間，隨部由海南島乘船而來。到台灣後，防衛部沒了，個人編入軍官隊，住在嘉義鹿草的學校裡，妻兒寄居阿里山腳的竹崎村。

　　當時除海南島外，大陳、舟山亦有一些部隊陸續撤來。士兵編入其他單位，軍官編餘成立軍官隊。我原是幹政戰的，經考試後，調國防部政幹班入學受訓，初在新竹崎頂山上營房，最後移北投復興崗結業，分發部隊服務。

　　陸軍六十三軍由海南來，後編成六十三師，清一色是廣東人。我們政幹班的許多「老廣」，請求分發這個部隊，如願以償。我中尉進去，五十八年中校離開，足有十九年之久。

　　六十三師編成兩年，再編為二十七師，將編餘的二十六師的一個團撥來，成員三分之二是廣東，三分之一是山東，融合無間，年輕機敏，活力無限，成為國軍中的一支勁旅。

　　我隨部隊於民國五十一年駐戍馬祖，除了防務之外，有許多空餘的時間，勤加進修，參加考選部辦的高等「教育行政」檢定考試，及格以後應乙等同類科特考，再而乙等「稅務行政」，通通過關。

　　三度應考，時近十年，專心一志於考試科目，習讀於全未涉獵過的專業學門，不可否認，加深擴大了許多前所未有的知識。

　　或許受我身教言教的影響，我的兩個兒子都由考試而就了公職。小兒子是學工程的。於大學三年級時，便參加政府的「土木工程」普通考試，高分錄取，分派工作屢催到職，以讀完大學請求展緩。待完了學程再考高一級的，達到更上一層樓的志願。

　　他任台北港工程處處長有年，蓽路藍縷，悉力以赴，由開港而至營運，績效斐然，本（九十七）年四月間獲頒技術最優獎章。

　　大兒子是念法律的，也同樣以考試獲得不錯的工作機會，貢獻微薄於國家。他們兩人的位階，同屬科班出身，循序而進，隨時日的優良表現逐次遞升，「比上不足下有餘」，是頗可告慰的。

　　我是職業軍人，數十年如一日，朝乾夕陽，寒來暑往，除了少許的假期外，日日夜夜，都在奉行任務。轉到中興大學任職，按時上下班，多餘的時間都是自己的。更可喜的是每年有三個

月的寒暑假，閒得令人發慌。我愛好寫作，正好利用這個機會，摸索前行，投稿由小報而大報，由國內而國外，香港的《新聞天地》週刊，用過我不少的稿子。

毋庸諱言，在興大工作，對我寫作有甚大裨助，請益文學院的名家教授，不以我這個老粗而見外。我的第一本書《千層浪》，民國七十年的四月出版，沈謙教授（已故）以〈平實之中見真情〉為我作序。第十本《浮生札記》，民九十六年十月印發，文學院胡院長楚生以〈見政社會變遷，反應時代進步〉寫於前頭。嘉言溢譽，使我的書生色不少。

民國六、七十年代，是我的寫作高峰期，談說文教方面的篇章頗多，累積出書多冊。《中市青年》，是台中市各中級學校的月刊，邀我以「名家」的身分漫談寫作，好為青年示範。我愧不敢當，揣摩至再，以〈我的寫作歷程〉為題，述說個人的經驗多讀多寫，從日記做起，並引名主編孫如陵（筆名仲父）的《寫作與投稿》作借鏡與大家共勉。

〈談談課外書〉，是我發表在《國語日報》的文稿，追述我小學時讀《大人國、小人國》、《魯賓遜飄流記》等故事書的心得，由而啟發我涉獵許多國內外的名著經典，領略感受到難以言諭的樂趣。

好些單位及報刊不時舉辦徵文，我每多參與，尋章摘句，籌思構運，抱著得獎是幸運，落選是磨練的態度面對，每常意外的上榜。抗戰徵文除上開說的《聯合報》、《台灣日報》外，尚有《青年日報》辦的「永遠的八二三」〔民四十七年台海戰役〕、「台灣第一戰」（民三十八年古寧頭大捷）。機關單位辦的有：

台灣省黨部〔國民黨〕、台灣省教育廳、台灣省社會處、台灣省文藝作家協會、國立中興大學等。

「江南八日遊」是興大退聯會於2008年四月下旬辦的活動，我隨隊前往。在西湖謁「岳王廟」時，穿堂的牆上刻有「民族英雄」四個大字，是民國二十五年北洋軍的方面大將軍馮玉祥題字。

尊岳飛為民族英雄，是當之無愧的，因為他「從頭收拾舊山河，朝天闕」。

戚繼光明恥教戰，大公無私，所向無敵，肅清了倭寇，同稱民雄英雄。

鄭成功是反清復明的，可是清人也尊他為民族英雄。何以故？因為他把荷蘭人趕走，收回台灣。

有人反中反蔣，去中國化，醜化先總統蔣公，但正如人說的「狗吠火車頭」，無哪用，因為他統一中國，抗日勝利，光復台灣。將來中國歷史上的民族英雄，必有蔣介石的大名，決無疑問。

中國文藝作家協會今民國九十七年「五四」文藝節慶祝大會在台北市三軍軍官俱樂部舉行，文藝夜宴，有緣同桌的各別報告，加深彼此的認識印象。我說我是寫散文、雜文的，出書多本，但不曾寫過小說，是個不成名的作家。

我初住苗栗大同國小，國防部建的眷舍「銀聯一村」於民國四十五年完成，位於台中大里的竹仔坑，全村二百戶，我於四十六年六月進住。那是個偏隅的小鄉村，遍植果樹，二面環山，一面靠河，四十八年的「八七」水災，全遭淹沒，因是初建未久，基礎扎實，無太大的損傷，但近山近河的一些老舊民宅，

多被沖毀，罹難的有二十六人。糖廠的小火車由台中通南投，經過這次水災毀掉了，是個重大災區。

一九九九年的「九二一」大地震，我村正好位於車籠埔的斷層線上，天搖地動，聲若巨雷擊頂，門柱崩陷，箱倒櫃翻，奪人魂魄，堵住往外逃生之路。我夫婦分住兩房，大聲叫喚，好不容易聞到微弱回應。從後門出翻牆再入，挖開通路摸到她房中，攙扶至外面，餘震仍不斷的反覆。她受驚過度，久久難以自已，兒子孫子到廟裡收驚多次，才漸痊可。

我在台中住了四十六年，兒子在那裡成長受教，成家立業。台中是我住得最久的地區，落葉生根，將來百年終壽，也在那裡入土。在太平的七星山購了墳地建了墓塚，以便落地為安。老伴於民國九十一年已先我而去，我囑兒孫輩那裡青龍白虎，風水奇佳，是我們的墓園，希望都埋骨於斯。

國立中興大學開全國大學風氣之先，於十一年前成立「退休人員聯誼會」，我是創始會員，出版季刊，報導學校概況及一般的生活情狀，增進連繫。附文藝版，我執筆為文，每期均有我的作品。〈米壽懷父親〉、〈愁字了得〉是最近寫的兩篇雜文，訴述我八十八歲的心境，期望兒孫力求上進，守正不阿，飲水思源，毋忘於祖先輩生我育我的劬勞。

民國才子錢鍾書的夫人楊絳女士，文壇健將，筆鋒遒勁，以「九五之尊」（九十五歲），年前出版《走到人生邊上》專著，訴述許多看法。書名取得真好。我亦步到旅途邊緣了。回想這一生幹武的無軍校畢業，為文的沒大學文憑，都是不入流的「白丁」。前者的入、出說如上文，後者由臨時員而至簡任編審屆齡退休，亦算無憾。

　　「耕讀傳家」是曾文正公《治家格言》中的名訓，現今社會形態不可能實踐，而「教育是最好的投資」則應列為典範，訂為我的家規。我的兒孫輩都希望秉承這個遺規去努力。

　　「三日不讀書，面目可憎」，我雖耄耋，視力日差，仍改不了閱讀習慣。每見至情至性的好文章或勵志小品，輒便剪寄在外地上學的兒子。數十年此行不變，由最初的兒子至後來的孫子。即現今在大陸的曾孫，一無例外。

白陽大道徵文二〇〇八年六月九日

# 精誠團結　無敵不克

　　大學院校七十四學年度的聯招試務，輪由中興大學主辦。興大除全國總試務和台中考區外，並兼及金門考區。招生考試是教務處的職承，我躬逢其盛，偕同相關人員及監考的教授老師，共同跨海前往。

　　金門考區報名考生三百人，涵蓋一至三類組，連續考試三天。因是前方戰地，人員出入境都得經過申請，比辦台灣一個大考區更見繁雜。我本身原有的業務忙得離不開手，又加上這一項「不容出錯」的重大任務，前後匝月，日無餘晷。

　　旅金前後六日，考試完了，金防部派遣專車，指定專人，作我們的隨護導遊，憑弔古戰場，聆聽「八二三」的英勇慘烈戰況。我廁身其中，往事歷歷，湧現眼前。

　　我當時服務的那個部隊是陸軍二十七師，成員全是百粵青壯，被人稱作「老廣部隊」。在台灣多年的生聚教訓，四十六年第一次駐戍金門，是一支堅強的鋼鐵勁旅。

　　砲戰當年的八月一日，我由太武山師部的少校參謀，派赴第一線金東地區的八十一團第三營當輔導長。其時戰雲密佈，「山雨欲來風滿樓」，我到職時佈達，是由營長郭琨中校，陪我到各連的陣地分別實施的。

營的防地是山后，營指揮所設在後面的獅山，幾個步兵連在週邊的近海佈防。八月十二日金防部由警戒戰備進入戰鬥戰備的命令下達，我們諸種編組迅速完成，各就各位，備與敵展開決戰。

二十三日的下午六時三十分，因實施日光節約（時鐘撥快一小時），太陽尚在半天高，忽聞雷聲震天動地來；又似急鼓鼕鼕八面掩至；更像是飛機的大編隊空戰，轟轟隆隆，貫滿耳鼓。人們的念頭一個接著一個尚未理清，砲彈著地爆炸之聲便響遍了四周。塵煙滿天，「八二三」戰役開始了。

八二四、八二五的下午六點半，兩個鐘頭內，對面定時定點，萬砲齊發。我們也行反擊，遍地硝煙，仿若年節的放鞭炮。

同是八月二十五日，我F-86軍刀機八架，進至福建彰州地區上空與共軍空軍兵第九師一個大隊接戰，擊落其三架，我全部平安回航。外電報導譽滿國際。

八二六的早上，我第八連的一位通信兵呂傳偉，到溝邊洗臉，貪方便捨坑道走地面，被對方圍頭放的冷砲空爆破片擊中殉職。八二七的黃昏，第七連中尉排長張步高，看到對面的敵砲由洞裡拖出，準備向我發射，急急站在碉堡頂端大聲吆喝在外洗澡的士兵快回，他毫無掩蔽，被擊陣亡。

八月二九至九月一日，因強烈颱風過境，由金門直撲大陸，雙方砲戰暫行平息。九月二日天氣晴朗，下午二時團在美人山召開會議，我率領幾人乘中吉甫從山上下來，甫出山后村外，圍頭、大嶝、小嶝的共砲忽而密集射擊。就地靠邊停車，跳入水溝掩護，左右近側著彈，泥土灰塵蓋滿全身，利用地形向山边躍進，入夜始摸回營部。

　　九時多了，草草晚餐，改乘小吉甫往馬山後面的東皋灣看第九連，山腳下中彈之處翻空若小水塘，車難通行，改以徒步前走。發現遍地彈坑，落腳也感困難。由彈著看，共方最初幾日發射的都是小口徑，這一日起換用大的。且裝延期信管，彈頭深入地裡爆炸，乃有此種現象，目的在摧毀我們的碉堡。

　　第九連位於一小高地的前緣，與後緣友軍砲陣地為鄰，是共軍砲擊的主要目標，彈著最多，碉堡上面的厚厚覆蓋亦被掀開，有三名戰士負傷。

　　海軍雷達站在獅山頂，位於我營部上方，我由九連回來，居高遠眺，料羅灣的海戰正酣，砲彈在夜空穿梭如電，來回閃爍。此即響亮中外的「九二海戰」，共軍來襲的四艘魚雷快艇，全軍盡墨，通沉海底。

　　山后村分為上堡、中堡、下堡，是王氏家族依定規建成的村落，款式相同，一戶一家，為金門地區最整齊劃一的民宅。我們這次前往拜訪時，已改稱「金門民俗文化村」，周邊加個圍牆框住，專供來訪者參觀。我原住上堡的一座小樓，座西朝東，砲戰時有一顆共軍的砲彈由二樓的西窗射入，從地下一樓的東窗穿出，在天井中爆炸，彈坑仍在。

　　當時我們進入戰鬥戰備，全向山上移，開鑿地堡，在一線天的兩壁深入地下挖出洞天，不說砲彈，即飛機轟炸，也難損分毫。

　　毋庸諱言，「八二三」的台海戰役，在地形上、在砲的數量上，共方是比我略勝一籌的，但我們都已深入地下，砲戰中除許多民宅被毀，茁壯茂盛的路樹遭殃齊腰折斷外，我方實無太大的

損傷。就我那個第一線營來說，便是最好證明。加以海空軍的勝利，其後加入的八英吋砲，都使對方嘗足苦頭。

金門開放觀光有年，許多人都見過那裏的堅強工事，戰力全在「九地之下」，從海上來攻，是不可能倖存的。況我們都有與陣地共存亡的決心，他們真來，必比民國三十八年的「古寧頭」更慘，足可斷言。

再說十月六日，共軍宣佈停火一週，十三日凌晨再廣播延長兩週，期限應至二十六日。但在二十一日的下午卻又開打。因是美國務卿杜勒斯於參加羅馬教皇喪禮後，返國途中訪台，毛惱羞成怒，下令打了起來。

這一天我適拜訪友軍，在空軍高砲連的瞭望塔覘窺圍頭共砲，他們是沒有陣地的，遇我反擊，毫無招架之力，傷亡比我相差不可以道里計。

台海戰役老共無端挑釁，瞎打亂射，殘民以逞，驚動寰宇，全民憤慨。他亂了方寸，食言自肥，色厲內荏，敗象彰顯，早已是強弩之末。

我們的勝利得來不易，主要是三軍一體，上下一心。八月二十一日的先總統　蔣公蒞金指示機宜，其後督導重砲由澎轉運，中秋節不忘前線，月餅送至最基層的每一位成員。由將帥而至士兵，精誠團結，敵愾同仇所得來的結果。

　　「八二三戰役五十周年」國防部徵文二○○八年六月十日

# 士林菊展

「採菊東籬下，悠然見南山」，是陶淵明〈飲酒〉詩中的名句，描述其歸隱田園，灑脫自適的心境。

台北今年第七屆「士林官邸菊展」，選定於十一月的下半月實施，除了公園管理處培育出一株花開高達四百多朵的大立菊之外，還有數不清的菊中名卉，爭妍鬥艷，各顯姿容，美不勝收。有一種叫「一文字菊」的從日本引進，是他們皇室徽章上的特有菊花，最是搶眼。

這次菊展的主題為「戲菊」，各處景點都以戲劇性、趣味性的設計手法妝點。流雲瀑布的懸崖菊，雅致樹石的盆景菊，尊貴驚艷的大立菊，穿插歌仔戲的人物、《西遊記》唐僧師徒的排列，各具匠心。

大觀園是一棟獨立的建築，往時曾作過蘭花特展，這次改為展菊，群英薈萃，窮盡精鮮，使人眼睛為之一亮。舉其最著的：岸之櫻川（淡紅）、金山（金黃）、白素中（白）、白一文（白）、王家之印（赭紅）、山之十字（白）、港南錦（彩紅）、月見之宴（白）、紅牡丹（紅）、國華之素（紫）、綠絲（綠）、越山（白）等等指不勝屈。

在這許多的名卉中，大的小的，各具韻致，我特對最大、最小的試加測量：前者中的金山、越山，一若圓錐土阜，直徑各為二十四公分，福德、牡丹，各為二十公分，一支莖開這麼大的一

朵花，應是前古無有，而是精心培育出來的；後者攀引在一塊固定的網狀上，株開數百，簇簇擁擁，多的難以計數。

士林官邸是往疇先總統蔣公的府第，前幾年台北市府改成「士林公園」，開放供人遊賞、踏青，當是美事一椿。且原地是故台北的園藝所，備具園林之勝，玫瑰園、梅樹林與「亭台池榭」並列，曲徑通幽，雕塑一些蟲鳥模型擺放於景點之處，附上文字說明供人閱覽。有好些幼年學生集體前去，老師隨行介紹解說，幼小的心靈，獲得了許多新知。

因是往昔園藝所，古木參天，以白千層和樟樹最多，排種於水邊道旁。台北盆地多雨，水氣濃重，不少的老樹被其他的植物寄生，樹上長樹，攀附遮蓋，像層層疊疊的穿上了綠簑衣，別有一番景況。

群菊綻放，桂花飄香，乃屬三秋特色，能有機緣於郊野遊賞，亦是人生的一大樂事。

陶淵明「東籬採菊」，使「籬」成菊的濫觴；李清照的〈醉花陰重陽〉：「……東籬把酒黃昏後，有暗香盈袖，莫道不銷魂，簾捲西風，人比黃花瘦！」訴說其對夫趙明誠的掛牽，更落實了「東籬」、「暗香」、「黃花」皆是菊的代名詞了。《紅樓夢》第三十八回〈林瀟湘魁奪菊花詩〉由擬人化的憶菊、訪菊、種菊、對菊、供菊、咏菊、畫菊、問菊、簪菊、影菊、夢菊、殘菊的十二首七律，道盡了菊壇盛事。除了第五〈供菊〉及最後十二〈殘菊〉二首外，其他全離不開「籬」字。「籬」就是菊，菊如有靈，亦可告慰了。

《文學人雜誌》二〇〇八年十一月二十五日

# 助聽器

聽力日差，與遠程的友人通話，不時提醒對方，請講大聲一些，每都回說：我已夠大聲了！過去不曾遇此，隨後卻越感吃力，二年前九月，到醫院的耳鼻喉科檢查，結果雙耳的感音聽障，左耳聽損四十六分貝，右耳為五十二分貝，應配兩側助聽器。

我有一位比我大幾歲的同鄉，他的聽力不好，經遵醫囑裝了助聽器，但是效果不佳，雜音灌滿耳道，頗似被敵機追襲空炸，轟轟隆隆的響個不停。戴上去很不舒服，雖然裝了卻少配戴。

因為我左耳的聽力尚可，只裝右邊聽損五十二分貝的，配戴起來，確如鄉賢說擾攘不休，也就將它擺放一邊，不再使用。

助聽器是個細小的擴音機，可掛在耳殼上或塞進耳道中，裝有電池可視當時的音響狀況開放收聽。

我自公職退休後，為打發生活上的長日寂寞，到政府設立的老人「長青學苑」，修習一些課程。我往昔住台中，距受教處有十五公里，上下課騎機車，風雨不改，徹始貫終不曾缺課，領過多次「全勤獎狀」。

個人青壯從軍，常以未受適當教育是一大憾事，三年前搬來台北依親，上課處距住家僅百餘公尺，自是一本初衷延續進修，私心慶幸自己的堅持不棄，頗為自慰。

　　魏文帝曹丕定「九品官人」之法，評定社會人等的階層地位。《晉書》劉毅傳：「上品無寒門，下品無世族」，崇尚清談，以《易經》、《老子》、《莊子》為「三玄」之學，是上流社會及有門第的貴族子弟才受得到的教育，我居然在這都受教了，真是愜心。

　　上課要靜心聆聽，然而聽得越來越艱苦，再去檢查，發現聽損更甚，左邊成五十二、右邊為五十八分貝了。戴助聽器縱然不便，別無選擇，只好勉為其難。

　　楊絳先生，文壇耆宿，著作等身，二○○八年九十八歲委由吳學昭女士出版《聽楊絳談往事》，書前複印的〈序〉，說明委託之由，是用20×15的有格稿紙寫的，開首：「我不值得傳記作者為我立傳，但我也不能阻止別人寫我的傳記。」字跡秀麗端莊，見不到老狀，真值敬佩。

　　前報載她接受學者訪問，因是聽力不好，是以「筆談」方式進行的，思路清晰，反應迅捷，動作俐落，沒有半點龍鍾之態，尤為感佩。

　　筆者「米壽」似較年少，但體健遠難企及，不敢妄攀比附，信手寫來，冀見賢思齊，藉以自勵。

　　　　　　　　　　　《興大通訊》二○○九年三月一日

第二輯

# 讀閱拾掇

# 第一個統一日本的武將
## ——豐臣秀吉

　　身高不滿一五〇公分，體重四十公斤左右，出身貧無立錐之地，教育粗通文字，這樣的人為何能統一日本，並有餘力兩度出兵朝鮮與大明王朝相抗衡？

　　這是《豐臣秀吉》一書封面的標題，頗有使人一探究竟的吸引力。

　　西元一五〇〇～一六〇〇年的這一百年，日本史稱之為「戰國時代」，群雄並起，據地稱霸，兵連禍結，歷久無休，重要的人物由北條早雲起計十六人，其中又以織田信長、豐臣秀吉、德川家康為最著。

　　豐臣秀吉幼名日吉丸，初名木下藤吉郎，父早死，生母再度招婿，他寄養於萱津林的光明寺。當時日本的社會，除了富豪人家及寺廟的僧侶外，大都不識字。秀吉會文字，又知道各種禮節，自是寄養於寺廟的緣故。

　　青春時的秀吉，非常落魄悽慘，輾轉美濃、尾張兩國各地，或而賣身為農奴，或而充任富貴人家的奴僕，一直過著寄人籬下的生活。其後仕於諸侯的織田信長，獲得重用而出人頭地。

　　因出身貧賤寒微，受過許多磨難挫折，明諳人情世故，知人善用，長於任使，加以聰慧機敏，表現卓越，不次的成就出

人意表，逐步被拔擢而成為織田麾下的重要將領。東征西討，屢建奇功，且善於揣摩上意，獲致信任歡心，由而成為一方的主將。

秀吉無子，請求主公信長以其第四子於次丸為養子，以便將來傳位於他。這是何等的赤忱忠心！使人忖度，給你最大的領國，給你最高的權位，最後還是自己的兒子繼承。

身為大將，其心腹諸侯，如野寇出身的蜂須賀小六，近江叡山領僧兵部隊出身的宮部善祥房，奈良興福寺出身的筒井順慶，美濃牢頭出身的仙石權兵衛等人，只要誠心歸順者必禮遇，感召力使人相率來投靠。

秀吉認為，要獲軍事上的勝利，必需先獲外交方面的勝利，合縱連橫，謀略利誘，守信重諾，不計前嫌，由而佳評如潮，聲譽鵲起<sup>(註)</sup>，團凝形成一個大局面。

多次作戰，每每隻身赴敵，如入利家城內，出城與圍城的佐佐成政會見，置個人死生於度外，胸懷膽識，使人敬服。

信長則是一個刻薄無情的人。一旦對某人起了疑心，即使久遠仍難忘記，往往會伺機謀殺。明智光秀，受過其辱，因而肇致本能寺之變。

天正十年六月，信長命光秀快到備中，增強秀吉的陣容，攻打大諸侯毛利氏。出發未久，光秀叛變，回兵本能寺殺了主公織田。叛逆引起公憤，秀吉立即聲討，消滅了光秀，聲勢隨著壯大。

討伐叛逆，與織田同盟的德川家康，正採行動時，但叛逆經已滅亡，旋即利用這混亂時期，建立了獨立的強大勢力。信長的第二子信雄，以秀吉擁立年僅二歲的四弟於次丸三法師心有不

甘，聯合德川攻秀吉。幾經周折，信雄被舊家臣勸降，破解了信雄、家康聯盟事件。

在那個時代，攻城掠地，長年不歇。信長攻美濃，前後十年，如從其父算起，則二十年。燒殺擄掠，屍山血河，稻葉小城赤裸無一物。

播州是個很雜亂的國家，國中有三十六個豪族，各占城塞稱雄，不啻是「國中之國」。

三木城，秀吉圍攻了三年；小谷城，圍攻了四年，終於陷落。

被圍的鳥取城內人吃人，吃死屍，甚至活人也被生殺充飢，當然最後被消滅。水淹高松城，全部變魚鱉，秀吉有著無比的功勞。

秀吉討伐光秀過了六個月，在京都控制著朝廷，「挾天子以令諸侯」，借用三法師主公的權威，命令驅使眾將軍。

信雄、家康結盟時，多次與秀吉對陣，前者兵少，不利出戰，乃深溝高墊塹，設立木柵，固守營壘，秀吉雖使盡羞辱激將之法，不能撼動。家康之忍功世難企及，開創其後的一片天。

天下六十四國，秀吉消滅了明智光秀，次第平定了四國、北國、九州、關東、奧羽各地。他卑賤寒微，甚至無姓氏，等同於浮浪人出身，憑個人本事得天下，成為歷史上第一個統一日本的武將。

西元一五八五年，日本的天正十三年七月一日，秀吉被任僅次於天皇的「關白」，翌年賜姓「豐臣」，旋將職位讓於養子，以實踐其過去的諾言。自稱「太閤」，出兵朝鮮，終於半途而逝，壽六十三歲。

　　《豐臣秀吉》一書，作者司馬遼太郎，本名福田定一，因崇慕漢代之司馬遷而命名，一九二三年生。全書分前後篇各十三章，五八〇頁，具可讀性的小說體巨著，李常傳先生譯，台大教授黃得時一九八〇年八月為其作序。

　　書前的三十二頁是重要人名生卒年代對照表，人像圖片，城堡模型，武器旗幟，服飾頭盔等彩色畫面。日本人矮小，圖像卻頗壯碩，藉顯威嚴。公告、旗幡全是漢文。

　　武田軍之軍旗：「疾如風　徐如林　侵掠如火　不動如山」，世稱「風林火山」，甚為有名，都是中國正體字。

　　織田軍之火繩統，有效射程一五〇米，使用火藥，在那個時代，此射程很厲害了。

　　日本是蕞爾之國，分成六十六州，六十四國，一個國家恐只有台灣一個縣大。侵略成性，爭城以戰，殺人盈城，爭地以戰，殺人盈野，歷久不衰，應說是民族的悲哀吧！

《青溪雜誌》二〇〇五年四月二十九日

註：原書五〇〇、五〇一頁用「蜚長流短」、「蜚短流長」形容，但
　　此乃指負面而非正面，當以此詞較妥。

# 少年流浪記
## ——讀馮馮的百萬長篇《微曦》

　　母親病得連我都認不出的程度了。很費了一點時間，用乾辣椒煮湯，用老薑煮紅糖水，把母親斜斜扶起，把筷子撬開她的牙關，灌了兩碗進去。

　　把燒煨得半焦的老薑切成很大的一片片，燙得不住換手，把這些冒著熱氣的薑片在母親的額上擦來擦去，後來在上面敷滿，用布包紮起來，並把母親的領子解開，用同樣火燙的薑片擦她的喉頭。

　　三個老太太當中一個，拿出一些奇怪的草來，看樣子像是灰綠色茸絮，搓成小小一條線，用香點燃。叫我向灶君爺爺上香許願，請庇佑我母親病癒。

　　她替我母親燒艾。我不要她燒我母親，我說會燒壞人的。拉住我的老爺子說，沒聽過！我們村裡那一個人病了不是燒艾治好的，你怕什麼？

　　經過五、六天的土法治療，母親終於第七天真正地醒過來了。

　　這是馮馮著的百萬長篇《微曦》小說第一卷〈寒夜〉第三十章二百七十頁的摘抄。

　　馮馮，民國二十四年生，對日抗戰的童年時，他們母子逃難至贛南客語鄉間染患風寒惡疾的追述。

認真地說，它是一本「少年流浪記」。他母親是第三房，不見容於夫家，他也不獲怯懦的將軍父親的關顧，孩童之年，只好隨母漂泊，由粵入桂，由桂轉贛，四顧茫茫，時時生死邊緣，嚐盡人間的冷漠疾苦，辛酸悽楚，刻骨銘心，娓娓的訴說，引人同情。

贛南粵東，多是山區，躲避日軍的空襲追殺，了無寧日，好不容易抗戰勝利，回返廣州。含垢忍辱，低首下心的融入複雜的大家庭中，承受種種欺凌，完成初級中學的學程。然好景不常，考讀高一時，赤焰高張，大陸整個變色，只得又行逃亡，單身混進撤退軍艦，於民國三十八年底到了台灣。既無身分，亦乏親故，幸得在船上認識的海軍上尉，安排於左營的軍眷家中。

不受歡迎，冷嘲熱諷，甫一天便再逃亡，乘火車至台北，在一間早餐店打雜，換來三餐。出售僅有的財產手錶，換來擦皮鞋的生財工具，夜宿博物館後面的台階，一毛二毛的積存，買書苦讀，以考海軍官校為職志，終難遂願。修習英文有成，考上了美軍的翻譯官，少年英發，派在澎湖服務，展開其以後的光輝歷程。

四大本百萬字的巨著，一八六章一四四九頁，需有極多的內容，他將曲折離奇的遭遇，每一個細節以及每次的心路歷程，刻畫入微，詳盡呈現，動見觀瞻。

初在澎湖被招贅，遵慈命未果。民國四十七年的台海戰役「八二三」砲戰，翌年的台灣「八七」大水災，他借機順勢，都若身歷其境的親行參與。迎母親來台奉養，自蓋房子。花蓮中學的邀講、菲大使羅慕斯圓山大飯店的召宴、國防部的頒獎，寫來如繪，令人讚賞。

　　《微曦》在皇冠連載刊出後，菲律賓《大中華日報》選為一九六三年最佳小說。自修有成，通曉英、法、日、德八國文字，並連續膺選奧國一九六二、一九六三年世界最佳短篇小說，聲譽如日中天。

　　書四大本：一、寒夜：只有堅強意志的人，才能克服一切；二、鬱雲：人生是艱苦奮鬥的過程，不是血、就是淚；三、狂飆：勇氣來自我們自己的心中；四、微曦：把希望帶給自己，也帶給別人。

　　「一點眩目的，像擦得太亮的黃銅似的圓形光點在山脊後面升起了。在微曦的光輝中，我虔誠謙卑地默禱著，我心中亮滿了希望。」是卷末的最後兩句。

　　總覽全書，在許多的艱險境況中，其母必偕其共相祈禱，懇求觀世音菩薩庇佑。遭遇挫折或言行乖謬，其母必及時規誡匡其誤違。概括地說，它敘述的是流浪，內中卻是勵志的、崇佛的、孝親的自傳式的好書。流光遠去，絢爛消褪，我之所以於圖書館中查尋借讀，起因於一篇專文的報導。

　　〈文壇的奇人異行〉，馬森教授寫，《聯合報》副刊七月四日載。編者按語：「馮馮，本名張志雄，為活躍於民國五、六十年代的作家。他一生曲折傳奇，精通多國語言，後移民加拿大，潛心向佛。今年四月十八日病逝，享年七十六歲。」

　　馬文第一段說：「此次返台，聽到馮馮在台灣逝世的消息，難免有些震驚。算來他不到八十歲，又有一身特異功能，未料如此早逝。」

　　馮有何特異功能？馬說他一九七五年在北美陳若曦家與其認識，馮自說其生來就有天眼通，看到動物和人的內臟，簡直像X光，可以為人診病。馮謂這還不算奇，有人生來記得前世，可以找司馬中原見證。

　　馬教授說他未看過馮書，但如此言之確切，想他享譽文壇的百萬著作當中必有著墨，然而覽閱一遍，未見隻字談及。至若開首引他的艾炙治病，起死回生，中醫確有這種本領，個人有親身經驗，是不足為奇的。

二○○七年十月一日

# 人間四月天
## ──讀梁從誡的《林徽音文集》

　　《林徽音文集》，梁從誡編選，二〇〇〇年三月在台出版，其內散文十篇，小說一篇，詩歌四十七首。書信類：致胡適與沈從文各七封，致費正清二十三封，致傅斯年、金岳霖各一封，致梁思成二封。加上談建築附錄及林徽音年表，二十五開本計四百四十頁，再加上扉部的生活照片、手跡近五百餘頁。天下文化書坊發行，是一部皇皇巨著。

　　依照編目，敘明出版緣起與編者前言外，第一篇是蕭乾寫的《才女林徽因（代序）》（林徽因即林徽音），第二篇是梁從誡《倏忽人間四月天──回憶我的母親林徽因》。茲依順序摘抄重點精華。

## 一、梁從誡的憶母述說

（一）一九四八年的北平在殘破和冷落中期待著，有人來勸父母親「南遷」出國，得不到他倆的響應。

（二）一九四八年十二月，解放軍包圍北平近兩個月，守軍龜縮城內，清華園門口張貼了解放軍四野十三兵團政治部的布告，要求全體軍民對這座最高學府嚴加保護，不得入內騷擾。

就在四十八年底，幾位戴大皮帽的解放軍幹部坐著吉甫車來我們家，向父親請教一旦被迫攻城時，那些文物必須保護，要父親把城裡最重要的文物古蹟，一一標示在他們帶來的軍用地圖上。

（三）母親不愛做家務事，曾在一封信中抱怨，這些瑣事他覺得浪費了寶貴的生命。

（四）我的祖母〈梁啟超妻〉一開始就對這位性格獨立不羈的新派未來的兒媳不太看習慣，而兩位熱戀的年輕人當時不懂的照顧和體貼已身患重病的老人心情，雙方間關係搞得十分緊張。

（五）母親寫著新詩，開始時在一定程度上受到過徐志摩的影響或啟蒙。她同徐志摩的交往，是過去文壇許多人都知道，卻又訛傳很多的一件往事。……母親同徐是一九二〇年在倫敦結識的。一位二十四歲的已婚者，一位是十六歲的中學生，「不可能」產生相戀的感情。

（六）解放了，母親有過強烈的解放感。新政府突然給了父母親新機會，參加具有過重大意義的社會建設。一九五〇年父母參加了國徽圖案的設計工作，認為無上光榮。過去她只不過是「梁思成太太」，現在她被正式聘為清華大學建築系一級教授。她在生命的最後一刻，另一項重要的工作，是人民英雄紀念碑的設計和建造。

（七）父親曾告訴我，《你是人間四月天》這首詩，是母親在生我出生後的喜悅而作的。

（八）十年浩劫中〈文革〉，清華紅衛兵也沒有放過她。「建築師林徽因之墓」幾個字被他們砸掉了。至今沒有恢復。

## 二、林徽音的散文

（一）山西通信

由於北平城裡來的我們，東看看、西走走，夕陽背在背上，真如掉在另一個世界！雲塊、天、我們之間，似乎失掉了一切障礙。

（二）紀念徐志摩去世四周年

據我看來，死是悲劇的一章，生則更是一切悲劇的主幹！你並不離我們太遠。你的身影永遠掛在那裡，同你生時一樣的飄忽，愛在人家不注意時滋止。

你寫詩的態度是誠實，勇敢而倔強的。……在這新詩仍在彷徨岐路的嘗試期間，誰也不能堅決地論斷。……我們的作品會不會再長存下去，就看它們會不會活在那一些我們從不認識的人。

（三）林徽音，一九○四年生，一九五五年去世，活五十一歲。

## 三、林徽音的新詩

（一）你是人間的四月天──一句愛的讚頌。

我說你是人間的四月天／笑聲點亮了四面風；輕靈／在春的光亮艷麗中交舞著變。

……你是一樹的花開，是燕／在梁間呢喃／你是愛是暖／是希望／你是人間的四月天！

（二）哭三弟林恒〈民國三十年空戰陣亡、民國三十三年寫。〉

　　　　機械的落伍，你的機會太慘！／三年了，你陣亡在成都上空！

　　　　你永不會回來了，我知道，／啊，你別難過，難過了我給不出安慰。／我曾經每日那樣想過幾回：你已經給了你所有的，同你的兄弟也是一樣，獻出了你們的生命。

## 四、林徽音的書信

（一）致沈從文信之七（寫於一九三八年春）

　　　　昆明的到達，是在離開長沙三十九天之後，……現在生活的壓迫，似乎比從前更有分量了。……雖然思成和我整天宣言我們願意做正經事……肯給我們一點實際報酬，我們生活可稍稍安定，偏又不然……。

　　　　因為梁家老太爺（梁啟超）的名分，人家常抬舉這對愚夫婦，所以我是常常有些闊綽的應酬，需要我們笑臉的應付。

　　　　前昨同航空畢業班的幾個學生說，我幾乎要哭起來……。

　　　　天天早上那些熱血的人在我們上空練習速度——驅逐和格鬥，底下芸芸眾生吃喝得仍然有些講究，思成不能酒，我不能牌，兩人都不能煙，在做人方面已經十分慚愧！

　　　　現在昆明人才濟濟……雲南的權貴，香港的服裝，南京的風度，大中華民國的洋錢，把生活描畫得十三分對不起那些天上冒險的青年，其他更不用說了。

（二）致費正清信之二十二（一九四二年初）

　　　　我們的經濟生活意味著一個人今天還腰纏萬貫，明天就會一貧如洗。

（三）致傅斯年信（一九四二年）

　　　　空言不能成萬一⋯⋯，但得書不報，意猶未安。

　　　　日念平白吃了三十多年飯，始終是一張空頭支票難得兌現。好不容易盼到孩子稍大，可以全力工作幾年，偏偏碰上大戰，轉入井臼柴米的陣地，五年大好光陰又失之交臂。近年來更膠著於疾病處殘之階段，體衰智困，學問工作已無分（份），將來終負今日教勉之意；太難為情了。

（四）傅斯年致朱家驊信（一九四二年四月十八日。朱時任教育部長，傅斯年時任歷史語言研究所所長）

　　　　思成之困，是其夫人林徽因女士生了TB，臥床兩年矣。思永（思成弟）鬧了三年胃病，甚重之胃病⋯⋯。梁任公（梁啟超）家道清寒，兄必知之，他們二人萬里跋涉，到湘、到桂、到滇、到川，已弄得吃盡當光，又逢此等病，其勢不可終日⋯⋯弟之看法，政府對於他們兄弟，似當給一些補助。

　　　　思成之究中國建築，並世無匹，其夫人，今之女學士，才學至少在謝冰心輩之上。

## 五、結語

　　《林徽音文集》在看過以上重點摘錄中，應有大致了然。如果找來原著重閱，定可欣賞其辭藻富麗，文字華美。它是

一部好書，實足以傳世的優良作品。茲就個人淺見，作一些臚陳。

梁思成夫婦，於一九四八年的時局動盪危機中有人勸他們「南遷」出國，這「有人」推想當是政府之人，由而得知當局並未忽略他們這一對賢夫婦。楊絳寫的《我們仨》也說政府曾邀其夫婦隨行外撤。果真如此，被稱為「民國才子」的錢鍾書，臨老當不會受盡那種「下放」、「洗澡」、「住牛棚」、「牛鬼蛇神」的折磨委屈。林徽音也不會至今無墓碑。

同是一九四八年，北平在國軍防守下，有共軍的四野十三兵團到清華園貼布告；有戴大皮帽的解放軍幹部坐吉普，帶了地圖，公然到他們家請標示文物古蹟。守軍竟是視「軍機」（保密防碟）如無物。北平棄守是投降的，若真的打起來，鐵定是不堪一擊。

婆媳關係緊張，源於各自不能守分，相互忍讓，足供我們借鑑。

林徽音與徐志摩，梁說是「訛傳很多的往事」，「十六歲的中學生」，對二十四歲的已婚者，不可能產生相應的感情。」是當時他倆在倫敦初識的情形，誰能保證其後沒有？她《紀念徐志摩去世四周年》的字裡行間，不是隱隱約約，而是明顯的有感情。書是梁編選的，梁如此說，乃為母親諱。

紀念徐志摩：「新詩有彷徨歧路的嘗試期間，誰也不能堅決地論斷」，文寫於民國二十四年十一月十九日，七十多年過去，到今天我們仍覺得新詩難以論斷。

　　拜讀林徽音的信，那種跋涉之苦，長沙到昆明費了三十九天；生活無著，難以著力；揹著梁家盛名之累，打腫臉充胖子，眼淚暗裡嚥；前方吃緊，後方緊吃。實情實說，字字血淚。

　　「一個人今天還腰纏萬貫，明就會一貧如洗」這是惡通貨膨脹下的情形，我曾親身經歷，痛心疾首。

　　終日為井臼柴米的生活所逼，大好光陰白白虛流，加上他身染痼疾，有志難酬，令人一掬同情之淚。

　　走筆至此，回顧全文，不無「文抄公」之譏，但想想柏楊先生之語體文譯《資治通鑑》其有益於學術界難以估量，那麼個人不揣譾陋獻曝，當亦應有些小的價值了。

《古今藝文季刊》二○○八年八月一日

# 「愁」字了得

　　「春雨樓頭尺八簫，何時歸看浙江潮。芒鞋破缽無人識，踏過櫻花第幾橋！」日本人的簫長一尺八，簫聲淒哀；錢塘江的錢塘潮，澎湃雄壯。晚清作者曼殊和尚時在日本，他這〈春雨〉詩懷念故園，自省身世，鄉思難已。

　　「月落烏啼霜滿天，江楓漁火對愁眠，姑蘇城外寒山寺，夜半鐘聲到客船。」唐‧張繼〈楓橋夜泊〉；月將西墜，鴉噪聲聲，寒霜滿天，江邊的楓葉火紅，漁舟的燈火閃爍，寒山寺的夜半鐘聲又不間歇的傳來，益增旅途淒冷，久久難眠。

　　「昔人已乘黃鶴去，此地空餘黃鶴樓。……日暮鄉關何處是？煙波江上使人愁！」崔顥作的七律。遙想以前的仙人已乘黃鶴飛走，留下一座空空的樓，鶴再不回來了，但白雲依然。傍晚暮色，長江的烟波蒼茫，無端愁緒湧上心來。

　　「閨中少婦不知愁，春日凝妝上翠樓，忽見陌頭楊柳色，悔教夫婿覓封侯！」王昌齡〈閨怨〉。「教」字有鼓勵、期盼、勸勉之意。在這百花盛開春風冶蕩，柳絲搖曳的春日裡，丈夫（愛人）不在身邊，懊惱自己過去的蠢笨。「不知愁」，是「知愁」的反說。

　　「剪不斷，理還亂，是離愁，別是一番滋味在心頭！」南唐‧李後主〈烏夜啼〉詞的下半片。上半為「無言獨上西樓，月

如鉤，寂寞梧桐深院鎖清秋。」詞情悽婉，是一幅美麗素描。他被囚在幽深的庭院裡，滿懷的愁思，想剪它、剪不斷，越理它、它越亂，另有一番說不出的滋味。

「守著窗兒，獨自怎生得黑！梧桐更兼細雨，到黃昏點點滴滴。這次第，怎一個愁字了得？」南宋女詞人易安居士李清照，是中國唯一偉大的女作家，詩和散文，也寫得很好。

〈聲聲慢〉是它的詞名，開頭尚有「尋尋覓覓，冷冷清清，悽悽慘慘戚戚」七組疊字，鋪造蕭瑟寂寞，無限的愁懷萬端。

依我手邊一九八○年購於台中的這本《詩詞欣賞》，李清照詞校注中的正篇、副篇及附錄，計收六十一首（篇），概略算了一下，列明「愁」字的十五首，其中意境，特別使人低迴。而「愁字了得」的「了得」，是「不得了」，「了不得」，千愁萬愁積滿心扉，似若喘不過氣的況味。

「米歲」之年，百病叢生。記性銳減，老友故交，久久想不起他的名字，讀過的，做過的，旋踵間便忘了。嗅覺遲鈍，聞不出香臭。視力、聽力，同在急速衰退之中。實是無可奈何之事。

遷來台北已四個年頭，拜國際都市之賜，享受到許多意想不到福利。就讀「長青學苑」一周三天，受周易、老莊、詩詞之課，頗有所獲，中有一天拉胡琴。如此這般，期冀減緩必然的老化，生活不致於一片空白。

《興大通訊》二○○八年九月一日

# 後天與先天

　　《為三國人物論相》，時報文化，一九九五年初版，是一本有趣的書。依據羅貫中所寫的《三國演義》，再追根到晉代平陽侯陳壽著的《三國志》，在許許多多的人物之中，選出了一百三十六位作傳記，述說他們的概略，每一篇各成系統，生平功過，事業成就，條理井然，詡詡如繪，讀來興味盎然。

　　作者筆名飛雪山人，籍浙江瑞安，涉獵命理，潛修相學，根據這些人物故事，再推想他們的相徵，娓娓訴述，各成篇章，非學養豐稔者難以臻此。

　　一百三十六人之中，第一是劉備，第二是關羽，第三是張飛，即是桃園結義的三兄弟。最後一位是孫尚香，也即劉備之妻，孫權之妹。如此佈局，使人清楚認知，「三國」是以蜀漢為正統的。雖然論相的有一百三十六人，但篇數只有一二八篇，因為有八個人是二人或三人合寫的，如荀彧、荀攸，糜竺、糜芳，袁譚、袁熙、袁尚。一篇一單元，其主角一生的所經所歷，表現於時代的長河中，時隱時現，作者必須若淘沙見金般的挑揀出來，獨立成章，這也是一門學問。

　　「劉備字玄德，為漢中山靖王劉勝的後代，漢景帝劉啟的玄孫，生得身長七尺五寸，兩耳垂肩，雙手過膝，眼睛能自看耳朵，面如冠玉白潤，唇若塗脂鮮紅。」這是第一篇第一段作者的

描述，史籍所有，就相論相，生動鮮活的鋪敘他的一生，仿若再看一次《三國》。

太史慈（吳）：傷重不治，死時只四十一歲。四十一歲的流年在兩眼之間的山根，他竟過不了山根運而衝進鬼門關。

周瑜（吳）：聰明絕頂，非常自負，可惜雙眉太接近，氣量不夠大，被諸葛亮三氣而吐血身亡，只三十六歲，死於眼運。

禰衡（擊鼓罵曹）：讀書讀得多，天文地理，無一不通，三教九流，無一不曉。太聰明、太驕傲，眼光上視，目空一切，嘴唇薄，口角有痣或疤，說話太刻薄，出口就傷人，曹操借刀殺人，死於黃祖。

田豐（袁紹）：謀士獻計說中被殺，他的印堂旁邊近眉頭下方有一顆黑痣，這部位左稱交鎖，右稱額路，有黑痣象徵一生中有坐牢入獄的不幸，唯有司法及獄政人可免。女人如在交鎖，一生可能被火或開水燙傷。

彭漾字永言，是蜀中劉璋的人，要知頭髮長短，跟這個人的性情很有關係，頭髮短的性情剛強，頭髮長的性情溫和。短頭髮如直豎，像所謂怒髮衝冠，脾氣更是剛強固執。再加鼻孔露竅，口角有痣，講話不含蓄，不該說也衝口而出，最會惹出災禍。彭漾初觸怒劉璋，其後勸馬超和孟達去算計劉備，卒被賜死。

上開六人之中，除劉備外後面的五人，是作者以結果推想主角的人相作出的論斷。

孫尚香，上面說過是孫權之妹，周瑜軍師的釣餌，想藉她取回被劉備占領的荊州，可是算計有誤，著了諸葛亮將計就計的道，弄假成真，「周郎妙計安天下，賠了夫人又折兵！」

　　話說她「一字眉」，個性說一不二，是個很直爽的女性，她有男性化的傾向，訓練女兵，閨房裡陳列的不是胭脂花粉，而是各式各樣的武器。她希望自己能嫁英雄型的丈夫，看不上眼的，寧可不嫁，所以遲遲未婚。

　　說起來可憐，她的嫁成為事實之後，隨劉備回蜀多年，扶養阿斗，東吳乘劉備外出作戰，又以吳國太病危的消息，誆她回去，硬是被隔離分開。蜀吳之戰兵敗，傳說劉備歸天，她隔江遙祭，終於投江追隨丈夫而逝，從一不二，在歷史上留下美名。

　　個人多次閱覽《三國》，對其人物頗有印象，這次再又重讀，似若「故人重逢」。陳壽誌蜀，謂將略非武侯（諸葛亮）所長，本書並未引述，更見其對蜀漢的推崇。

　　「人相」是一門玄奧之學，非長時鑽探專研難有造詣，作者寫來行雲流水，具見功力。

　　有說「福由心造，禍在己為」；「積善之家有餘慶，積不善之家有餘殃」，故乃「心好命就好」。

　　「人相」是先天的，運數是後天的，後天的修福積德，可以改變先天的缺陷，吾人似應確切體認，努力奉行。

二〇〇八年十月三日

# 〈蘭亭〉溯源

　　中國名著選譯叢書的《唐人傳奇》，周晨譯注，錦繡民八十二年再版，共選二十三篇，第一篇為〈離魂記〉，最後一篇是〈卻要〉。每篇前有簡介，再而原文，原文中有加注的，加注古地名或典故，再又用語體文譯述。先看簡介、原文，大體上了然，又加讀現代的語體譯述，自都明白無礙，欣賞其文字的優美。

　　〈南柯太守傳〉，記得中學時的國文曾選入，再讀印象重現。〈長恨傳〉是白居易〈長恨歌〉的敘文，輪廓浮上腦海。〈鶯鶯傳〉是〈西廂記〉戲劇的原本，有疏落的影子，讀罷影像翻新。

　　〈虯髯客傳〉在許多的瀏覽中曾有涉獵，有模糊的記憶；〈蘭亭記〉則為初讀，頗感新鮮，試加縷陳。

　　「永和九年，歲在癸丑，暮春之初，會於會稽山陰之蘭亭，修禊事也，群賢畢至，少長咸集。」這是王羲之〈蘭亭集序〉的起首文，〈蘭亭記〉是延伸王文的情節而寫的。

　　「修禊」是古代的一種習俗，東風暢旺百花開放的農曆三月，大家聚在一起會晤喝酒祈福。當天參與這盛事的有四十一人，王羲之揮毫製序，興樂而書，作蠶繭紙，鼠鬚筆，遒媚勁健，絕代更無，凡二十八行，三百二十四字，有重的皆構別體。就中「之」字最多，有二十餘個，變轉悉異，遂無同者。其時若

有神助，他日酒醒，寫了幾十幾百本，始終達不到原來的水平，極為珍愛，特傳留給子孫。

到了唐代的唐太宗時，〈蘭亭序〉輾轉傳給了廟宇中的辨才和尚，他對〈蘭亭〉視若拱璧，在自己臥室的屋梁上鑿了個暗洞，用作存放。

太宗政事之暇，專心鑽研書法，把王羲之寫的字貼收購，只差〈蘭亭〉，多方尋找，獲知存處，用盡各種方法，辨才就是不認，只說曾聽先師說過，但不知下落。太宗千思百想，問計於尚書房玄齡，介紹智謀深遠的監察御史蕭翼，扮成民間書生，拜謁辨才和尚，把晤賦詩，吐露生平作知己，用王羲之的藏帖作釣餌，終於到手。

貞觀二十三年，皇帝得了病，臨終時太宗對接位（高宗）說：「我想問你要一件東西，你覺得怎樣？」高宗哽咽流淚，洗耳恭聽，接受皇上的命令。太宗說：「我想要是〈蘭亭〉，可以給我帶走。」後來〈蘭亭〉隨皇帝的遺體一同葬入了陵墓。現在趙模等人拓寫的本子，一本還值得幾萬文錢呢。人間的拓本也已稀少，可謂絕代佳品，一般很難見到了。

註：本文〈蘭亭記〉作者何延之，唐玄宗時人，曾任左千將軍，均州剌史員外郎等職。

二〇〇八年十月五日

# 一部最早的文學批評

## 一、前言

　　《文心雕龍》是中國名著中的一部，作者劉勰、字彥和，生活的年代，在南北朝的劉宋到梁代（約西元四六五～約西元五二二），他祖籍山東莒縣，屬北魏。史載：勰早孤，篤志好學，家貧不婚娶，與沙門僧侶居處，積十餘年，遂博通經論，利用編輯序錄定林寺經藏的經驗，著作此書。可見他是在廟當小和尚，苦學有成的。

　　「書成，未為時流所稱。勰自重其文，欲取定於沈約。約時貴盛，無由自達，乃負其書候約出，求見於車前。約命取讀，大重之，謂深得文理，常陳諸几案。」由而聲名大噪。

　　當時的學者王弼、何晏等用老、莊來講易經，稱作「三玄」，崇尚清談，盛極一時。貴族子弟占「上品」高位不務實際，文風浮詭訛濫，劉勰以此書作出糾正。

## 二、本文

　　劉勰認為「文章的構成」，有最關鍵的三個重要標準：「原道」第一，是對道的認識來寫成的；「徵聖」第二，看是否符合聖人的寫法；「宗經」第三，也即文章要以儒家的經書為主來效法。

標準備了，綱舉目張，作為經、史、子、集四部書的「區別部類」。筆者為了條理，依原著簡作以下十七點來闡述。

1. 〈辨騷〉：辨別《離騷》哪些合乎經書，哪些不合。

2. 〈明詩〉：推重漢代的五言古詩，提出曹丕、曹植、建安七子的「慷慨任氣，磊落使才。」

3. 〈詮賦〉：從詩經的賦來，看其發展而成的一種文體。

4. 〈諸子〉：入道見志之書。太上立德，其次立言。百姓苦紛雜而莫顯，君子疾名德之不彰。

5. 〈論說〉：劉勰將它分開來講，「論」是發揮理論，辨正與否；「說」是勸誘，說的動聽，能打動人。

6. 〈神思〉：是創作論的第一篇，虛靜觀察外物。情思的深淺、邪正、高低又與學識、理論、閱歷有關。

7. 〈體性〉：講才氣，才有庸俗傑出，氣有剛強柔婉。知識、習染，動見觀瞻。

8. 〈風骨〉：是一種剛健的風格，抒情要能感動人，他特例闡述。他說野雞具備各種色彩，而一飛只能百步，是肌肉豐滿而力量不夠；鷹隼雖然缺文彩而高飛便能沖天，是骨力強勁而氣勢猛厲。文章也和這相似，具文彩而又能高飛，才稱得上文章的鳳凰。

9. 〈通變〉：文章的體裁有一定的，文章的變化是無窮的，文辭的氣和力要有變通才能久傳下去。

10. 〈定勢〉：是確定文章的體裁和風格。

11. 〈情采〉：是指「情理」、「文采」。構成文章三要件：（一）形文，由青黃赤白黑五色構成；（二）聲文，由宮商角

徵羽五音構成。（三）情文，由仁義禮智信五性構成。自為色聲俱備的至性之文。

12.〈總術〉：文章有「文」有「筆」，無韻是筆，有韻是文。講恆久不變的是「經」能釋經的是「傳」。魏文帝用音樂來比篇章。多了少了都感到迷惑，怎麼能掌握文章的好壞？

13.〈時序〉：講歷代文學的演變，學術風氣的興替，君主的提倡，天才傑出的成就。

14.〈物色〉：講中國古代文學的特色，重在情景交融，引謝靈運山水詩〈登江中孤嶼〉：「亂流趨孤嶼，孤嶼媚中川」，用「趨」和「媚」的擬人手法。

15.〈才略〉：是作家論，劉勰講究駢文，重音律不重文氣，「文辭豔麗而不切實用的是司馬相如」。

16.〈知音〉：是鑑賞論，他指出評價作品要避免三個缺點：（一）不要貴古賤今；（二）不要崇己抑人；（三）不要信偽迷真。好作品是國家的香花，要反覆體味才感覺美妙。

　　他在引伸細說：麒麟、鳳凰和麏鹿、野雞相差甚遠，寶珠、璧玉與沙礫石塊完全不同，在陽光照耀之下，用肉眼觀察它們的形態，可是魯臣把麒麟當作麏鹿，楚人把野雞當在鳳凰，魏人把夜光璧當作怪石，宋人把燕石當作寶珠。具體的東西容易考察，卻還發生這樣的謬誤！而文情甚難鑒別，誰能說容易區別？

17.〈序志〉：是全書的總序，先解釋書名「文心」，是對作品的用心；「雕龍」是指作文要講究文采、辭藻。寫作的目的，一是要留名後世，師崇孔子；二是用文章來完成體制，著作法典；三是不滿意魏晉以來的文論著作。

它以道為本，以聖人為師法，以經典為體制，以緯書來參酌，以楚騷來變化。

## 三、結語

《文心雕龍》這本古典名著，我概括的作了以上的縷述，讀者看了應有相當的輪廓，如能把原著細讀，當能更欣賞其文字之美與持論之正，獲益良多。

曹丕〈典論論文〉以「經國之大業，不朽之盛事」來肯定文章，只是歷史的先河而已，是不能與這本中國最早的《文學批評》來比擬的。

前中興大學教授沈謙博士，鑽研特見深入，有他人不及的心得，他的子女分別以「雕龍」、「文心」命名，具顯其景從仰慕之忱。惜未滿六十，英年早逝，令人慨歎。

二〇〇八年十月二十四日

# 清史拾遺

## 一、陞遷降調看八字

雍正六年（西元一七二八），歲次戊申，副將王剛，年四十六歲，四月十六日子時生，八字是癸亥、丁巳、戊子、壬子。陝西總督岳鍾琪把王剛及提督馮允中、總兵官袁繼蔭、張元佐等人的八字繕摺奏聞。雍正看了各人八字後批閱說：「王剛八字想來是好的，馮允中看過甚不相宜，運似已過，只可平守；袁繼蔭也甚不宜，恐防壽云云；張元佐上好正旺之運，諸凡協吉；參將王廷瑞、遊擊陳弼此二人命運甚旺好，若有行動，此二人可派入。」

「今既數人不宜用，卿可再籌劃數人，即將八字一併問來密奏。所擬將官中要用人員，不妨亦將八字送來看看。」

雍正認為命運的道理，不可全不相信。他在親王府中時最喜歡算命消遣，當了皇帝以後，更相信命運，文武官員的陞遷降調，都要看八字……用兵作戰，也很迷信，軍隊出征，先要看日子。

岳鍾琪領大軍進勦準噶爾部，皇帝頒了寶石符咒，但疏於戒備，為敵所乘，全軍覆沒，岳鍾琪終於被削爵囚禁。

## 二、皇帝的心情和公文的批示

文武大臣奏報不實，敷衍塞責，再碰上雍正心情不佳時，就難免遭受嚴旨痛斥，不留餘地了。

雍正個性，喜怒不定，硃批論旨常以：「笑話」、「獸迂」、「厚顏」、「無恥」、「胡說」、「愚頑」、「孽障」、「混帳」、「濫小人」、「輕薄小人」、「可笑之極」、「豈有此理」、「瑣屑卑鄙」、「下愚不移」、「不是東西」、「禽獸木石」、「朽木糞土」等不雅之詞斥責大臣。雖然官至督撫將軍，偶一不慎，往往噬臍莫及，身家性命，禍不旋踵了。

## 三、龍馭上賓　慈馭升遐

皇帝崩殂，官書「龍馭上賓」；皇太后崩殂，寫成「慈馭升遐」。

光緒三十四年（西元一九○八）十月二十一日酉刻龍馭上賓，十月二十二日慈禧慈馭升遐。相差一天。

〈崇陵傳信錄〉文中指出西太后肚瀉病重，光緒面有喜色，慈禧怒說：「我不能先你而死。」十月二十二日是西太后74歲生日，剛過生日便死了。

光緒之死，有說是袁世凱毒害的。

## 四、滿蒙藏文獻足徵

聚合發展的部落，形成文字的族群，其發展必具久遠的歷史。滿、蒙、藏各有其文字。

藏族神話：釋迦牟尼圓寂後，觀世音菩薩化身為猿猴，降臨於西藏地方。

天上的太陽、月亮，地上的達賴、班禪。

相傳達賴喇嘛是觀世音菩薩的化身；班禪額爾德尼為阿彌陀佛的化身。

## 五、《清史拾遺》的發行

《清》書為台灣學生書局印行，作者莊吉發，民八十一年三月初版。巡禮台北市民生圖書館，於書架中無意間翻閱。「遺」是漏了的東西，大多是不見正史的小事件，有幸拜讀，作此札記。

## 六、兩百六十八年的皇朝

滿族入主中國，以少數部落，文化低等之眾，能延續如此久長的年代，真不簡單。算自西元一六四四年至一九一一年，計兩百六十八年，從順治至宣統共十朝，康熙（六十一）、雍正（十三）、乾隆（六十）三朝為一百三十四年，恰是半數。

清代的文治武功，足堪稱道。康熙的開創，雍正的勤政，奠定了穩固的根基。而《大義覺迷錄》（雍正）、《四庫全書》、（乾隆）的編訂，貢獻尤多。

清室之敗，敗於慈禧，她頑固保守，妒才忌能，大清皇朝便喪於她的手上。

《興大通訊》二○○八年一月十一日

# 《晉書》三傳

## 一、劉伶的〈酒名〉

話說劉伶常乘鹿車，攜一壺酒，讓人扛著鐵鍬跟隨，對跟著的人說：「如果我死了，就隨手把我埋掉。」有一回酒癮發作，向妻討求，他妻一邊哭一邊說：「你喝酒太過，對身體有極大損傷，非得戒掉不可！」他說：「我自己難戒，應向鬼神發誓，你即準備酒肉，使我祝禱！」妻依言為之，他跪著說：「天生劉伶，以酒為名，一飲十斗，再半酒醒，婦人之言，慎不可聽！」故態依然，一下子又醉了。

那時是三國後魏晉交替，司馬氏篡權之際，名士被殺的不在少數。劉伶佯狂飲酒，以求避當時的政治迫害。著有《酒德頌》一篇，盛讚飲酒的好處。謂：「飲者，以盤古氏至今為一早晨，以萬年為一瞬間，以日月為門窗，以天地為庭院和道路，坐下拿酒具，遊時帶酒行，休管時論評旦，對酒始終樂陶陶。」他盛言老莊無為之化。當時與他一起參加考試的人都升了官，惟獨他罷免。就因此而一生無禍，居然享盡天年。

## 二、周處〈除三害〉

周處字子隱，三國時吳人，父親周魴，是原鄱陽郡的太守。周處年幼喪父，還未成年，體力便超過一般人，喜騎獵不意小

節，行為放肆，不加檢點，被鄉里視如猛虎、蛟龍的三害之一。他被指斥不以為忤，入山殺虎，下水斬龍，解除了地方上的禍患。勵志向上，進德修業，嚴以律己，一年之後，州府爭相召其為官，初做了吳國的東觀左丞，孫皓末年，任無難督（官名）。

吳國入晉，周處升任新平太守，安撫戎狄，叛亂歸附，收葬無主白骨，澤及亡魂。其後升御史中丞，無憚權貴，梁王犯法，不稍寬貸，一樣的細究治罪。越後終被梁挾怨報復，孤軍無援戰死沙場。他原本可以老母在堂，遠離這一趟危難，但他說：「忠孝何能兩全！既然辭別父母侍奉君王，父母哪能還指望我盡兒子的孝道呢！現在就是我盡忠獻身的時候了。」朝廷卒以「履德清方、貞節不撓，忠賢茂實，執德不回，諡為『孝』」。

## 三、陳壽《三國志》

陳壽、西晉史學家，《三國志》一書的撰寫者。《三國志》是繼司馬遷《史記》，班固《漢書》之後的記傳體史學名著，它的成書比范曄的《後漢書》早百餘年。陳壽是蜀人，蜀亡入晉，晉受魏禪，故尊魏為正統，肯定司馬氏的得國。他仕途坎坷，尤其在父母的兩次喪事上，曾遭到非難。

因受司空張華看重，舉他為孝廉，任佐著作郎，出補陽平縣令，由撰寫《魏吳蜀三國志》而備受讚賞。聽人說丁儀、丁廙兄弟在魏時享有盛名，他修史時對他們的兒子說：「可以討得千擔米給我，我便給你們的父親寫篇好傳。」丁家未給送米，他就不給丁氏兄弟立傳。陳壽的父親是馬謖的參軍，馬謖失街亭被諸葛亮處死，陳壽的父親也因此受到髡刑（剃光頭），所以陳壽給諸葛亮立傳時，說諸葛亮沒謀略，缺少應敵的才能。

## 四、結語

　　劉伶、周處、陳壽上開三人的「傳」，是依中國名著選譯叢書《晉書》的論述而寫的。叢書計十二篇，第一篇是〈裴秀傳〉，第二篇是〈王衍傳〉，第三篇是〈劉伶傳〉，最後的第十二篇是〈王猛載記〉。〈周處傳〉、〈陳壽傳〉分別列於第四與第八篇。

　　《晉書》，唐初房玄齡等撰，是我國古代「二十四史」之一，是一部有代表性的官修史書。它記述西晉和東晉一百五十六年（二六五～四二〇）間的歷史。根據唐太宗的詔令進行。《晉書》又題太宗皇帝「御撰」二字，這是因為書中《宣帝紀》、《武帝紀》、《陸機傳》、《王羲之傳》後之四篇史論是唐太宗親自撰寫的。

　　據「原序」的作者周林一九八七年七月十日於北京的文中說《古代文史名著選譯叢書》今譯，使老年人、中年人、年輕人、都願意去讀，都讀得懂，有利於廣大的讀者。出版：錦鏽出版事業，民國八十二年再版。

　　我從十二篇中選三篇，因為這三篇較為通行，我們讀了有熟悉的親切感。魏晉交替，篡奪相丞，名士被誅，劉伶的嗜酒佯狂，乃在保命，果得善終。周處痛切自省，力革前非，受害無悔，忠孝難以兩全，益顯了人性光輝。陳壽索米不獲，就抹心作視而不見；再以父過而詆賢者，對諸葛武侯不當的論斷，其與一些為人諛墓的刀筆吏何異！

《青溪論壇雜誌》二〇〇九年三月

## 附錄

　　「《晉書》三傳」完稿寄出，讀閱同為錦繡出版社出版之《中國名著選譯叢書》、《三國志》有相異之著述，茲錄其前言中一段。「《晉書‧陳壽傳》記載有一種說法，批評陳壽曾向丁儀、丁廙的兒子索米不遂，因此不為丁儀、丁廙立傳。又說陳壽的父親曾任馬謖的參軍，馬謖失街亭後被諸葛亮處以髡刑，因此陳壽對諸葛亮不滿，在《諸葛亮傳》中貶低諸葛亮，說「應變將略非其所長」。這兩條批評都是沒有根據的。丁儀、丁廙不過是曹魏時的一般文士，而且是公認的傾巧小人，《三國志》中不為他們立傳完全應該。對諸葛亮，陳壽是極其崇敬的，在《三國志》中他給予諸葛亮的讚譽超過其他任何人，包括曹操。他把諸葛亮與古代的賢相管仲、蕭何、召公、子產相比美，而且特別稱讚他：「終於邦域之內咸畏而愛之，刑政雖峻而無怨者，以其用心平而勸戒明也。」這正說明他對諸葛亮並沒有私人怨恨。他指出諸葛亮「應變將略非其所長」，這恰恰是一種實事求是的態度，並非挾嫌貶損。

　　陳壽著《三國志》諸葛亮傳評語：「諸葛亮作丞相的時候，安撫百姓，明示法度，精簡官職，因時制宜，以誠待人，秉公辦事。竭盡忠心，有益於世的人雖仇必賞；違犯法令，怠慢職事的人雖親必罰。認罪服罪，說老實話的人，惡雖重也必予寬釋；花言巧語，掩飾罪過的人，罪雖輕也必加嚴懲。善再小也無不獎賞，惡再細也無不貶斥。處理事務精明練達，對待萬物必治其本，循名責實，鄙棄虛偽。全國的人都既畏他又愛戴他，刑法政令雖然嚴峻，卻沒人

怨恨，這是由於他用心公平而且勸戒分明。真可說是精通政治的良才，差不多可以同管仲、蕭何匹敵了。不過連年興師動眾，未能成功，大概隨機應變的軍事謀略不是他的特長吧！」

　　敬請讀者察閱。

# 《明史》三傳

## 一、劉基傳

劉基字伯溫，浙江青田人。曾祖濠，在宋朝作過官，曾救助反元民軍危難，劉基算是仕宦之後。元朝末年四方不靖，群雄並起，最著名的首領計張仕誠，在浙江一帶，陳友諒在江西、湖廣，朱元璋、還有股匪方國珍據海為患。劉基事朱元璋，他分析張仕誠與方匪不足慮，陳友諒地據上流，無日忘我，宜先圖之。若陳氏滅，張氏勢孤，一舉可定，然後北向中原，事業可成也。

初，陳友諒攻下太平，聲勢震天，朱軍將領心畏，有主向陳投降的，劉以正是破敵驕矜自滿的最好時機。與陳友諒大戰鄱陽湖時，太祖朱元璋乘舟坐胡床督戰，基侍側，忽躍起大呼換舟，既而甫坐定，砲擊中原舟立全碎，友諒居高見之大喜，而太祖船更進，驚出意外，陳軍皆失色。湖中相持三日未決，基請移軍湖口扼之，到金木相犯之日必勝。屆時果然，友諒敗死。其後太祖取仕誠，北伐中原，遂成帝業，皆如基所謀。

## 二、方孝儒傳

方孝儒，以文學見長，恒以「明王道，致太平」為己任，洪武中被推薦擢漢中教授。惠帝即位，他累官翰林侍講文學博士，

朝廷擬事，常諮詢其見解。燕王朱棣率軍入南京，取代惠帝，命他起草即位詔書，他穿著喪服哭於殿陛。

當成祖朱棣發兵北平時，姚廣孝以孝儒為託，曰：「城破之日，他必不降，幸勿殺之。」至時成祖命使草詔，召至降階相迎，說：「我想效法周公輔成王耳。」孝儒說：「成王在那？」成祖說：「他自焚死。」方說：「何不立成王之子？」。「國家靠長君。」「何不立成王之弟？」「這是我家之事。」顧人授以筆札，說：「詔告天下，非先生執筆不可！」孝儒擲筆於地，就是不從，且作絕命詩以示志。成祖大怒命殺於市，還誅他十族（包括九族和他的學生），死者達八百七十餘人。

## 三、鄭和傳

鄭和（一三七一～一四三五），本姓馬，小字三保，今雲南晉寧人，回族，航海家。他於明初入宮為宦官，在朱棣燕王府服務，於靖難之役中，隨燕王起兵有功，賜姓鄭，擢內官監太監。成祖即位後，為了尋找惠帝下落，通好四鄰，宣揚國威，派鄭和率舟師下「西洋」。

從永樂三年（一四〇五）起，鄭和七次出使，歷時二十八年，先後到達東南亞、印度半島、阿拉伯、東非等地的三十多個國家和地區，促進了中國和各國人民相互了解和友好往來。

## 四、結語

劉基、方孝儒、鄭和三人的傳，是依中國名著選譯叢書《明史》的論述而寫的。叢書計十四篇，第一篇是〈太祖紀〉（朱元

璋），第二篇是〈太祖孝慈高皇后傳〉，第三篇是〈劉基傳〉，第四篇是〈方孝儒傳〉，第十一篇是〈鄭和傳〉，最後的第十四篇是〈佛郎機傳〉。

《明史》三百三十二卷，題為清朝張廷玉等著，它是我國古代正史《二十四史》中的最後一部，敘述明王朝將近三百年間的歷史，向人們展示了明代的社會場景，是學術界公認的一部重要著作。

我從十四篇中選三篇，第一篇〈劉基傳〉，最富傳奇色彩，他向太祖論天下大勢，仿如諸葛亮的〈隆中對〉，對亮是十分敬仰的。話說他曾拜謁諸葛亮的廟與墳，進廟見油燈燒乾了命添油，後殿卻有「伯溫到廟定添油」告示；拜墳後秘密道中發現「你是我，我是你也，一統山河劉伯溫」的石碑，他原以亮未能統一天下而抱屈，至此便釋然於懷。

方孝儒以文章、理學聞名於世，人稱「正樂先生」。其文風縱橫豪放，詞氣雄邁鋒利，每一篇出，海內爭相傳誦。《古文觀止》中的〈深慮論〉、〈豫讓論〉可以見證。

鄭和的七次出使，率兵勇兩萬七、八千人，帶著大批金幣，艨艟巨艦與隨船浩大，聲威世難與匹，天下獨強，比大英帝國最盛時的日不落，猶尤過之。但中國從無領土野心，並對那些外邦不吝賞賜加封，被頌「天朝」，是當之無愧的。

二〇〇九年一月三十一日

# 生活彩照

▲作者民國五十六年（1967）全家福。

▲「八二三」台海戰役勝利紀念碑。

▲作者民九十七年（2008）遊大陸古剎寒山寺。

▲民九十七年（2008）作者遊西湖。

▲民九十七年（2008）戊子元宵節，參與台北市市民里鄰活
動，爬虎、豹、獅、象山，作者二排左一。

▲民九十八年（2009）台北市「長青學苑」詩詞班，作者二排
左四。

國家圖書館出版品預行編目

步到旅途边緣 / 李榮炎著. -- 一版 . -- 臺北
市：秀威資訊科技 , 2009.07
　　面；　公分 . -- (語言文學類；PG0265)
BOD版
ISBN 978-986-221-256-1 (平裝)


855　　　　　　　　　　　　98011202

語言文學類　　PG0265

# 步到旅途边緣

作　　　　者 / 李榮炎
　　　　　　02-2766-1816
　　　　　　台北市松山區新東街15巷1號3樓
發　行　　人 / 宋政坤
執 行 編 輯 / 黃姣潔
圖 文 排 版 / 黃莉珊
封 面 設 計 / 蕭玉蘋
數 位 轉 譯 / 徐真玉　沈裕閔
圖 書 銷 售 / 林怡君
法 律 顧 問 / 毛國樑　律師
出 版 印 製 / 秀威資訊科技股份有限公司
　　　　　　台北市內湖區瑞光路583巷25號1樓
　　　　　　電話：02-2657-9211　　傳真：02-2657-9106
　　　　　　E-mail：service@showwe.com.tw
經　銷　　商 / 紅螞蟻圖書有限公司
　　　　　　台北市內湖區舊宗路二段121巷28、32號4樓
　　　　　　電話：02-2795-3656　　傳真：02-2795-4100
　　　　　　http://www.e-redant.com

2009 年 7 月　BOD 一版
定價：180 元

# 讀　者　回　函　卡

感謝您購買本書，為提升服務品質，煩請填寫以下問卷，收到您的寶貴意見後，我們會仔細收藏記錄並回贈紀念品，謝謝！

1. 您購買的書名：＿＿＿＿＿＿＿＿＿＿＿＿＿＿＿＿＿＿＿＿

2. 您從何得知本書的消息？

　　□網路書店　　□部落格　　□資料庫搜尋　　□書訊　　□電子報　　□書店
　　□平面媒體　　□ 朋友推薦　　□網站推薦　□其他＿＿＿＿＿＿

3. 您對本書的評價：(請填代號　1.非常滿意 2.滿意 3.尚可 4.再改進)

　　封面設計＿＿＿　版面編排＿＿＿　內容＿＿＿　文/譯筆＿＿＿　價格＿＿＿

4. 讀完書後您覺得：

　　□很有收穫　□有收穫　□收穫不多　□沒收穫

5. 您會推薦本書給朋友嗎？

　　□會　□不會，為什麼？＿＿＿＿＿＿＿＿＿＿＿＿＿＿＿＿＿＿＿

6. 其他寶貴的意見：＿＿＿＿＿＿＿＿＿＿＿＿＿＿＿＿＿＿＿＿＿

＿＿＿＿＿＿＿＿＿＿＿＿＿＿＿＿＿＿＿＿＿＿＿＿＿＿＿＿＿＿＿＿

＿＿＿＿＿＿＿＿＿＿＿＿＿＿＿＿＿＿＿＿＿＿＿＿＿＿＿＿＿＿＿＿

＿＿＿＿＿＿＿＿＿＿＿＿＿＿＿＿＿＿＿＿＿＿＿＿＿＿＿＿＿＿＿＿

## 讀者基本資料

姓名：＿＿＿＿＿＿＿＿＿　年齡：＿＿＿＿　性別：□女 □男

聯絡電話：＿＿＿＿＿＿＿＿　E-mail：＿＿＿＿＿＿＿＿＿＿＿

地址：＿＿＿＿＿＿＿＿＿＿＿＿＿＿＿＿＿＿＿＿＿＿＿＿＿＿

學歷：□高中(含)以下　　□高中　　□專科學校　　□大學
　　　□研究所(含)以上 □其他＿＿＿＿＿＿＿＿

職業：□製造業 □金融業 □資訊業 □軍警 □傳播業 □自由業
　　　□服務業 □公務員 □教職　　□學生 □其他＿＿＿＿＿＿

------------------------------------------------

(請沿線對摺寄回,謝謝!)

**秀威與 BOD**

BOD（Books On Demand）是數位出版的大趨勢，秀威資訊率先運用 POD 數位印刷設備來生產書籍，並提供作者全程數位出版服務，致使書籍產銷零庫存，知識傳承不絕版，目前已開闢以下書系：

一、BOD　學術著作—專業論述的閱讀延伸

二、BOD　個人著作—分享生命的心路歷程

三、BOD　旅遊著作—個人深度旅遊文學創作

四、BOD　大陸學者—大陸專業學者學術出版

五、POD　獨家經銷—數位產製的代發行書籍

BOD 秀威網路書店：www.showwe.com.tw

政府出版品網路書店：www.govbooks.com.tw

　　　永不絕版的故事・自己寫・永不休止的音符・自己唱